风情
汀州
FENG QING TING ZHOU

范晓莲 ◎ 著

中国书籍出版社
China Book Press

图书在版编目（CIP）数据

风情汀州 / 范晓莲著. -- 北京：中国书籍出版社，2019.11

（古韵汀州旅游文化丛书 / 吕金淼主编）

ISBN 978-7-5068-7526-4

Ⅰ.①风… Ⅱ.①范… Ⅲ.①散文集-中国-当代 Ⅳ.①I267

中国版本图书馆 CIP 数据核字（2019）第 254185 号

风情汀州

范晓莲　著

责任编辑	张　娟　成晓春
责任印制	孙马飞　马　芝
出版发行	中国书籍出版社
地　　址	北京市丰台区三路居路 97 号（邮编：100073）
电　　话	（010）52257143（总编室）　（010）52257140（发行部）
电子邮箱	eo@chinabp.com.cn
经　　销	全国新华书店
印　　刷	四川科德彩色数码科技有限公司
开　　本	787mm×1092mm　1/16
字　　数	150 千字
印　　张	10
版　　次	2019 年 11 月第 1 版　2019 年 12 月第 1 次印刷
书　　号	ISBN 978-7-5068-7526-4
定　　价	280.00（全 5 册）

版权所有　翻印必究

风箫声动鱼龙舞

——范晓莲散文集《风情汀州》序

黄征辉

汀州，一座浮在水上的州府城池，是镶嵌在中华大地东南一隅的一颗玲珑翡翠，是多少游子无论身处何方总在甜梦里卿卿相抚的至爱恋人，是许许多多文人墨客年年岁岁抒不尽、绘不完的绵绵乡愁。

千年州城，栉风沐雨，曾显千种风姿，尽展万般繁盛；亦经时移世易，渐褪州府韶华。然，天不老，地未荒，人长久。跨入新时代，古城焕彩，江水澄碧，岸芷汀兰，处处飞花。其为客家祖地，丰厚深湛、摇曳鲜妍之习俗风情，招引来海内外无数宾朋，声名日隆。

我落生之时，为汀籍，数月后，随行政区划调整，所在乡域转入冠豸山下辖地，但仍属大汀州子民。孩童时，便对汀州心向往之，成人后一次次走进汀州城乡，盘桓赏鉴，乐不思归。笔下亦曾流出《汀州吟》《汀州女》《汀州走笔》《夜醉汀州》等文字。题目几乎都冠"汀州"，可见汀州之魅、汀州之美。我曾览阅汀州部分典籍，自以为对汀州内涵底蕴、人文风物略知一二，亦认为就民俗风情而言，相邻之个别县份，其丰富多彩，其浩大豪华，胜过汀城许多。然而，当我最近与汀州才女范晓莲之书稿《风情汀州》谋面，几番品味之后，我为自己先前的浅陋、寡闻而汗颜了。大千世界，万象琳琅，学问浩瀚，穷其一生，我等所知，不过沧海一粟。然，人们往往容易自大，容易张狂，自以为学富五车，甚而洋洋自得地充当起"大师"，指天画地，宏论滔滔。这在所谓"文化人"圈子中，实为一种常见病，需要包括笔者在内的人等引起警醒而"克己复礼"。

范晓莲女士，最初给我的印象，是一个女词人。我于词，在写作上是外行然，颇喜读词，常常陶然于古典诗词的幽美境界。晓莲的词作，凭直觉，是上了一定水准的，而且产量高，作品上报见刊的数量亦多，这在闽西文坛是挺亮眼的。我甚为佩服她在这方面的修为，繁忙的教学之余，能够潜心于颇为寂寞的古诗词研究与写作，并取得了不菲的成绩。

诗词写作的同时，她也涉足散文领域，近些年我在刊物上编发过她的一些散文。我原先感觉她的散文写作尚处在起步阶段，其成熟程度还不能与她的词作比肩。然而，没想到的是，几年过去，不经意间，她竟然成就了一册散文书稿，并"逼"着我接受了为其写序的任务。

一直觉得，给文友的集子写序，是一件推也不是、接也不是的烦难事。当然，为了不负于人家的期待，也为了对自己所喜欢的文学事业作一点力所能及的贡献，待完整、细致地研读了文友的作品，其间亦是颇有收获、甚为喜乐的。此刻，我为晓莲的这部文集写着这篇序文，也是这样的心情。

我之最大收获，是读了晓莲的这部书稿后，知晓了长汀城乡竟有如此之多过去知之不详，甚至闻所未闻的精彩妙绝的民俗风情。如添丁豆腐宴、打马荠、苦竹山奇俗、打石菩萨、狂野"闹春田"、古城花朝节、阳春盛会三月三、百鸭祭天迎丰收、汀州"八喜"、闽西紫薇王的传说，等等。

洋洋洒洒几十篇的描绘记叙，表明范晓莲女士对于汀州这片城池山川的挚爱，对其间的多样多姿的客家民俗有意无意地参与、探究、追踪，以及对当地文史资料的广泛搜集阅读和亲临实地的观察品赏，用心于田野调查。

民俗，即一个国家或民族或民系中广大民众所创造、享用和传承的生活文化。它起源于人类社会群体生活的需要，在特定的民族、民系、时代和地域中不断形成、扩大和演变，为民众的日常生活服务。它来自于人民，传承于人民，规范于人民，又深藏于人民的行为、语言和心理中。——范晓莲以散文笔调娓娓向我们描绘的诸多汀州民俗风情，字里行间就演绎了这样的理念。而且，她的描述，不是干巴的、枯燥的，而是有智有趣、灵动鲜活的。

诸如：

"人们在祖祠祭拜完毕，把燃烧的蜡烛推倒。祖祠除墙壁为黄土夯筑外，梁柱、器具多为木制或竹制。火势很快蔓延，竹木器具被烧得噼啪作响。火光熊熊，映红了人们兴奋的脸庞。火越旺，人们越开心，大家乐呵呵地说：'来年一定旺上加旺！'烧完祖祠，人们还要举行一些庆祝活动，如唱山歌、演奏十番音乐、踩船灯等，直至兴尽方散。"

"过后,主家还须负责带人上山伐木、挖泥做瓦,于八月十五之前把祖祠修建回去。年年岁岁,苦竹山人把祠堂烧了建,建了烧。七百多年里,祖祠被烧了七百多次,也重修了七百多回。如今,苏竹村的炉火节,虽不再点火烧房,却依然透出些许神秘狂野的气息。"(《苦竹山奇俗》)

——这一篇文字里记叙的苦竹山人祭祖年年烧祖祠、建祖祠,周而复始的习俗,我是首次得闻,叹为奇异。相信很多人都是第一次听说。它的独特性,颇具神秘、野性的吸引力,或许有一天,我会邀上一些人,亲到现场目睹身受。

"最激动人心的时刻终于来了!四个抬轿者开始疯狂奔跑、打转、角力,泥浆迸溅。直至有人摔倒后,才快速换上另外四人,重新奔跑、打转。奔跑的速度越快,没摔倒的时间持续越长,得到的喝彩声越多。水花四溅,鞭炮声震天,年轻人个个血脉偾张,全然不顾身上的泥水,力争在众人面前有上佳的表现。奔跑队伍能否稳定不摔,全靠领头人的把控和全体抬轿者的协调。随着活动的火热进行,加入的人越来越多,直至几十人,场面甚是壮观。随后,他们干脆放下菩萨轿子,抬轿、护轿者纷纷朝对方甩泥巴,互相追打,个个均成'泥人'。呼喝声、笑闹声、加油声,响成一片。众人闹尽兴后,才将关公抬到河中清洗干净。然后再轮下一个姓氏宗亲,一路香火鞭炮迎送,抬去他们的田中继续纵情欢娱。"(《狂野"闹春田"》)

——这一段落对"闹春田"风俗的绘写,活灵活现、极具现场感。文字具备很强的表现力,多用动词且稳准到位,是晓莲这类散文作品中的华彩章节。

"'馆前三月三'妈祖庙会时间为三月初一至初六,三月初三是正日。本来,妈祖的生日是三月二十三日,馆前为何提前给妈祖庆生呢?这里有个有趣的传说:清代某年,汀州天后宫维修。工程原本进展顺利,但在砌四周的池塘时,却怎么也砌不好塘岸,总是边砌边塌。天后宫呈龟形,宫后有条小路,为龟尾;四周是池塘,池塘里建了四个亭子,就是四只龟爪。整个天后宫恰似寿龟游江,所以池塘至关重要。天后宫维修理事会无法,只好四处打听好的泥水匠。消息传到馆前汀东村,村里的泥水师傅就赶去维修。他们拿出看家本领,将整个堤岸全部用大石块垒成,砌好后终于不再崩塌了。维修理事会很是感激,问他们有何要求。师傅说不要钱财,只求能让他们每年迎接妈祖到馆前去敬奉一次。理事会满口答应,准许馆前在妈祖生日前迎接妈祖,三月初一抬到馆前,初六送回汀州天后宫。于是,每年农历三月初一至初六,妈祖就被馆前人接去。长汀话中,'三'与'生'同音,'三月三'就成了馆前人提前为妈祖庆生的庙

会，一直延续至今。"（《阳春盛会三月三》）

——笔者不久前去了莆田湄洲岛，正是农历三月二十三日，恰逢妈祖1059年诞辰。那纪念、祭奠的场面蔚为壮观、动人心扉。却没想到在汀州的馆前镇，竟然也有红火热闹的纪念妈祖的习俗，而且日期提前至三月三。而日期之所以提前，又有着生动感人的故事，足见妈祖作为"人格神"而备受爱戴、深入人心，影响遍及世界各地。

"等到把大禾米捣成粘块，把粘块揉成团，放入蒸笼，蒸三十分钟左右。待到打开盖子，顿时一股浓郁的香味扑鼻而来，沁入肺腑，飘出屋外。再看看蒸笼中的米，已变得又松又软。若是家有幼童，此时多半已馋得不行。做母亲的便会从蒸笼中抓起一小块大禾米，用手握一握，慈爱地递给孩子。孩子便一把接过热乎乎的米团，忍着烫，左右手交替握着，欢呼雀跃地跑出厨房去享用了。"（《清明忆》）

"小时候，我们总是在元宵节那天，提个小竹篮，约上几个小伙伴，一同去偷青。对于我们这些乡里孩子来说，摘菜是再简单不过的事。何况，村子只有巴掌般大，邻居的菜园我们都一清二楚。不过，毕竟是偷，所以我们一般选择夜幕降临时分，披着清辉，悄悄来到某户人家的菜园里，扯上几把蔬菜或葱蒜。偷葱寓意聪明，偷蒜意即会算数，芹菜寓意勤快，生菜乃生财……要是同伴中有谁发现了稀罕的品种，就会招呼大家也过去采摘。当然，偷青应适可而止，数量宜少不宜多，更不能随意践踏菜园。这样，主人家即使听见响动，也不至于真生气，顶多就是佯骂几声，我们听了反而眉开眼笑。因为这表示不吉利的话都在这天被骂尽了，接下来一年到头都会吉祥如意。"（《偷青》）

——范晓莲对汀州民间风情的记述，如果仅仅停留在对资料的化用，再加以平实的纪录，那就缺乏文学性和可读性了。可以看出，她是在吃透了相关文字记录后，重视呈现民俗的现场进程及参与民众的心理、生理表现。而尤为可贵的是，她常常让自己进入到民俗活动场景，成为真实事件里的一个参与者、见证者。这样的叙说，让人觉得真切、亲切，分外地可信、可亲、可读。这是范晓莲作为散文作者的弥足珍贵的一种质素、一种方式、一种追求。这是可以让我等散文同行去琢磨、去效仿的。

晓莲的散文，如按文坛上一种似乎时髦实则陈旧的题材归类法，可划入"客家散文"之列。但我发现，晓莲并未有意地往这个概念上靠。我是欣赏她这种心境的。好多年里，有些写作者为了"以题材取胜"抑或为了标榜自己是某方面的行家，一厢情愿地给自己的文字如商品般贴上标签，甚而动辄万言、数万言，摆出"历史大散文""文化大散文"的架势。其实，这些都是在大肆抄袭史料后夹杂一丁点"私货"，充学问家装模作样糊弄读者。中国散文学会副会长红孩曾一针见血抨击此类散文"没人味"！与其去看这些唬人的"大散文"，我更愿意品赏范晓莲这般内容真确、行文灵巧、情景交融的"小散文"。

当然，由于范晓莲从事散文写作用时还不够久，也可能由于出版上的一些时间要求，这部书稿在较短的时日里写作汇编，给人有些"赶"的感觉。有的篇章略显羸弱，有些文字在细腻、灵性上未臻善境。这有点鸡蛋里挑骨头的味道。我的辩词是：总不能全说好话，怎么样也要找出几小点瑕疵呀。所以说，作序是文坛中一件烤人的事体。

无论如何，我都应当为汀州女才人范晓莲的这部散文处女作，真心实意地喝一下彩、点一个赞！

【作者简介】黄征辉，中国作家协会会员、龙岩市散文学会会长、龙岩市作家协会副主席、龙岩学院客座教授。

目 录 CONTENTS

凤箫声动鱼龙舞/黄征辉 ……………………………………… 001

汀州年俗 …………………………………………………… 001
客家剪纸风 ………………………………………………… 007
添丁豆腐宴 ………………………………………………… 013
偷　青 ……………………………………………………… 016
清明忆 ……………………………………………………… 019
打马荠 ……………………………………………………… 022
苦竹山奇俗 ………………………………………………… 025
打石菩萨 …………………………………………………… 030
堆粿塔 ……………………………………………………… 033
古事花灯闹元宵 …………………………………………… 035
石人游菩萨 ………………………………………………… 038
狂野"闹春田" ……………………………………………… 040
古城花朝节 ………………………………………………… 043
阳春盛会三月三 …………………………………………… 046
酒香情醇百壶宴 …………………………………………… 049
但祈蒲酒话升平 …………………………………………… 052
百鸭祭天迎丰收 …………………………………………… 056
记忆中秋 …………………………………………………… 060

001

开荤	065
汀州"八喜"	067
"红"塘背，"绿"塘背	088
美丽非遗竞"芳菲"	093
汀州客家好醇酒	097
走进严婆田	100
丝竹管弦弹古今	104
丁屋岭无蚊之谜	108
闽西紫薇王的传说	111
红豆杉王的传说	114
老樟树的传说	117
龙湖潭的传说	120
雨漏佛	124
张地狐仙庙	127
潘仝与状元饼	129
花生的传说	131
汀州粉干的传说	133
簸箕粄的传说	137
鱼粄的传说	140
豆腐皮的传说	142
仙人草的传说	145

后　记 …… 147

汀州年俗
TINGZHOU NIANSU

古语云：百节年为首。

过年素来是最受国人重视的节日，它象征着团圆、欢乐与幸福。闽西长汀是客家首府，这里的年俗兼容了中原遗风和土著习俗，分外丰富多彩，犹如一幅色彩斑斓的民俗画卷。

长汀人过年一般分为三个阶段：入年界至除夕前夜为准备阶段；除夕至年初五为过年阶段；年初六至元宵节为余兴阶段。

腊月二十五开始为"入年界"。入年界后，各家各户开始积极准备年料，大人小孩都发动起来大扫除、洗晒被褥蚊帐衣物，里里外外焕然一新，还要添置新衣、理发沐浴等。小时候，有新衣裳穿是件特别开心的事，所以总是很期待过年。老人们还说，入了年界就不许骂人了。即便孩子调皮犯些小错，大人们责备的话语往往到了嘴边又会咽下，高高举起的手掌又硬生生地收回，唯恐坏了来年的好兆头。乡间是出嫁女儿送年礼给父母，县城则流行娘家给出嫁女儿送年的习俗。前者体现孝老敬亲的传统美德；后者则体现娘家人对女儿的珍爱，同时也是在告诉亲家：我们的女儿很珍贵，就算出嫁了，我们也时刻关注着，请你们务必尊重、爱惜她！

除夕前一天，家家户户都要蒸岁饭。一大早，家庭主妇便拿出早已备好的新饭甑。饭甑是木制的，呈圆柱形，用饭甑蒸的米饭有股别样的清香。岁饭要供数日，取"岁有余粮"之意。

除夕，俗称"过年"，大月之年称"年三十晡"。除夕那天，每户人家都要在大门、厅堂贴上红红的春联，在桌椅橱柜等用具上贴红纸条，叫作"封岁"

供岁饭

"上红"。屋里贴好各色的年画。贴对联、年画的活儿一般由成年男性承担，贴红纸条则由小孩儿完成。以前兄弟姐妹多，几个小孩笑着、跑着，嬉闹中就贴完了。现在的小孩少，贴红纸条这项一般就省了。多数人家厅堂供奉祖宗神位，中午或傍晚，备好"三牲"，点燃香烛、鞭炮，举行家祭，告慰列祖列宗。主妇在厨房里忙着准备年夜饭，从厨房里飘出阵阵浓香。调皮的孩子，总是在玩闹的间隙跑到厨房，随手就抓起一块年糕或炸肉往嘴里塞。大人们即便看见了，也顶多是笑斥一声："小馋猫！""没规矩！"不过，与口中的美食相比，这样不痛不痒的斥责又算得了什么呢？

夜幕降临，家家灯火通明，户户笑语欢声。在外边做事的人，除非万不得已，必定赶回家来吃团圆饭。这是一大家子人的节日盛宴，可说是对主妇们厨艺的一次大检验，主妇们都使出了浑身解数。白斩鸡、炖鸭汤、黄焖肉、红烧猪蹄、麒麟投胎、清蒸鱼……还有各种小炒、甜点等，摆得一桌满满当当。按照祖上传下的规矩，老人们端坐上位。年轻人纷纷围桌而坐，欢享一年中最丰盛的家宴。年龄最大或最小的可享吃鸡腿的礼遇，汀人戏称"驮鸡臂"。大家执箸举杯，谈天说地。推杯换盏间，洋溢节日的欢欣；声声祝词里，体现浓浓的亲情。随着生活水准的稳步提高，物质日益丰富，吃早已退居其次，关键是一家人团团圆圆，开开心心。这点比什么都重要！

年夜饭的时间一般都拉得很长，男人们边吃边喝边闲聊，大事小情都讲，古今中外纵横。喝至兴起处，便开始吆五喝六地划拳、掷骰子。有些豪爽的女人，也和男人们一样猜拳行令，有些则开始离席看春晚，或是闲话家常。活泼的孩子们早已跑出屋外去放烟花，欢快的笑声，灿烂的笑脸，让年变得格外美好！长辈则忙着包红包、添灯油，将灯盏分列厨房、厅堂、房间各处。这些灯须连点三日，灯盏下压一红包，名为"压岁"。传说，早先有个叫"祟"的妖怪，每年的大年三十都会出来祸害小孩。有对老夫妻怕它伤害自己的孩子，就用红纸包了八枚铜钱放在孩子身边。夜半时分，"祟"果然来了，却被那八枚铜钱吓跑了。原来，这八枚铜钱是由八个神仙变的，在暗中保护孩子。消息一传开，家家都给孩子包铜钱。人们把这钱叫"压祟钱"。因"祟"与"岁"谐音，所以又称"压岁钱"。

正月初一凌晨，据《通书》，择吉时，开大门，口中念叨着："开门大吉，万事如意，脚踏四方，方方得利。"然后燃放鞭炮，辞旧迎新。先是陆陆续续响起鞭炮声，不一会儿，震耳欲聋的鞭炮声连成一片，组成一曲宏大的交响乐章。这一夜，除了很小的孩子，没有什么人睡觉，都要通宵达旦"守岁"。旧时守岁有两种含义：年长者守岁为"辞旧岁"，有珍爱光阴的意思；年轻人守岁，则为延长父母寿命。

天亮后的光景与除夕截然不同，门前堆着昨夜燃放的爆竹纸屑，人们大多在休息，只有偶尔响起的鞭炮声打破清晨的宁静。客家人有个规矩，年初一这天不扫地、不洗衣、不挑担。除了主妇要准备全家人的饭食外，其他人是什么活都不干的，说是辛苦忙碌一整年，难得休息一天，得彻底放松。渐渐的，出门的人多起来了。人们都穿着簇新的衣裳，喜气洋洋。年长者去庙里烧香拜佛，求菩萨保佑全家平安喜乐；年轻人多爱去登山，寓意步步高升；还有的呼朋引伴闲逛，感受年的浓烈气氛……小孩们则向长辈讨要红包，然后一边吃着口袋里的各种零食，一边尽情玩耍。女孩子喜欢编织中国结或玩翻毛线的游戏。男孩子最爱玩的是鞭炮，有时买一小包一小包的甩炮玩，有时捡别人家门口没放完的鞭炮。捡到一个就如获至宝，掏出打火机，嗤地点燃，远远地扔出去，看着鞭炮炸响，开心得不得了！大街上的店铺大多关着门，不过小贩却不少，大多卖些玩具、鞭炮、烟花、棉花糖什么的，常招引一群群兴高采烈的孩童。运气好的话，还能遇到舞狮队，他们伴着欢乐的锣鼓声，表演翻滚、站腿旋转、摇尾等动作，往往赢来阵阵喝彩声。

入夜，灯光次第亮起，霓虹闪烁，装扮着古老的汀州城。大街小巷张灯结彩，热烈、喜庆。夜空中不时窜起七彩的焰火，那是人们在自家房顶或小院燃

太平桥一侧的音乐喷泉

放烟花。三元阁、乌石巷，高挂着两溜红彤彤的灯笼，延绵成一道亮丽的风景。巷道的上方悬着各色精致的油纸伞，如同戴望舒笔下的雨巷般诗意。雄伟的济川门城楼上，高悬八盏大红灯笼。长达千余米的城墙巍峨壮观，无数灯笼蜿蜒成一条火红的长龙。一脉汀江悠悠，岸边草木荟郁，如诗如画。这正是：鄞川虎踞欣迎湖海三山客，古阁龙盘遍览汀江两岸春。

太平桥的灯光长廊如同璀璨的星空，美不胜收。静立桥上，恍若置身于梦幻的世界。汀江河面上，音乐喷泉伴着优美的旋律，忽急忽缓，忽起忽落，变幻着神奇的七色光，令人心醉神迷。"汀州号"轮船好似正待扬帆远航，象征着古城汀州将踏上时代新征程。"盛世汀州"的仿古建筑颇具韵味，"登科楼"古色古香，"汀州府民俗馆"里可同时举办各种民俗的艺术展。龙潭公园灯影绰绰，千年古樟苍郁挺拔。宋慈亭古朴依然，娓娓讲述千年的传说。沿江路铺着青砖石板，徐行江畔，灯如昼，人如流，醉美汀州！

年初二开始，男人们到亲朋好友家拜年，女人们则在家中负责接待。相识的见面皆互祝新春如意。亲戚间多手提糕饼、水果、烟酒、香烛、鞭炮登门拜年，客人一到，首先就是放鞭炮。在农村，只要鞭炮一响，主妇就得开始做菜，鸡肉、黄焖肉煮粉皮、炱糍这几样食物和滚烫的米酒是必定要摆上桌的。拜年的人有时一天要跑好几家，往往只是象征性地动动筷子，就去赶下一家了。在城区，主人以糖果茶点款待，或备小宴薄酌，或择日另设盛宴相酬。孩童身穿新衣兴高采烈，逢长辈说句吉利话，多可得到红包奖赏。有些机关团体组织"团拜"。电话、手机普及后，人们也会用电话、微信互相拜年，互发贺喜短讯成为时髦。

立春，又叫"交春"。因其为二十四节气之首，故而颇受客家人重视。俗话说，一年之计在于春。交春之日，城乡大部分人家早早备好香案，摆列供果和清茶。时辰一到，人们纷纷点燃香烛，鸣放鞭炮，在门上粘贴"迎春接福""春临福至""春福满堂"等字样的红笺，名为"接春"。

正月十五是元宵节，客家人又称"正月半"，这是春节的又一个高潮。元宵节必吃"元宵"。"元宵"是用糯米粉拌糖做成的丸子，花生米磨细（或芝麻）为馅儿，寓意一家甜甜蜜蜜、团团圆圆。民间有举办各种灯会，俗称"闹元宵"。花灯的制作极为精美，其中最有代表性的是长汀童坊镇的"长汀客家刻纸龙灯"。刻纸龙灯的纹饰多样、生动，艺术性和观赏性都很强，是省级非物质文化遗产项目。三洲玻璃子灯、河田玻璃子灯则为市级非物质文化遗产项目。元

汀江沿岸灯火璀璨

宵那天，人们追随着踩街的队伍，欢笑声、锣鼓声响成一片。七彩烟花漫天绽放，张张笑脸与璀璨灯火交相辉映，成为元宵夜最绚丽的景象。

春节期间，客家人的传统游乐活动极为丰富，除灯会外，还有走古事、闹春田、踩船灯、抬花轿、舞狮、踩高跷、唱大戏、提傀儡（木偶剧）、抬菩萨等，到处热闹非凡，充满喜庆气氛。

过年是中华民族一年中持续时间最长，气氛最为热烈的节日。客家祖先从中原地区辗转南迁，千百年历史积淀，千万里筚路蓝缕，生命意识里对故土的记忆，对祖先的膜拜和崇敬，对当下生活的礼赞，对未来的期许和祈求，都在浓浓的年俗中显露无遗。

客家剪纸风
KEJIA JIANZHIFENG

一把小巧的剪刀、一叠裁好的色纸，双手默契地配合，折线与剪线交错，刀锋沙沙划破薄纸，好似灵蛇遨游水中。很快，一幅幅栩栩如生、精美绝伦的剪纸作品便诞生了。且不说那些花草树木、鱼虫鸟兽、亭桥风景，光是一个"福"字，就有好些花样。那端端正正的是楷书，线条流畅的是行书，古韵盎然的应是篆书吧？那凤舞龙翔般的是狂草吗……

在古老的闽西汀州文庙，一场别具特色的"长汀客家剪纸作品展"及现场剪纸表演正在进行。这些剪纸技法高超，作品内容繁多，构图别具匠心，有人物、动物及花卉、组字等，有展示历史故事、神话传说的，有反映现实社会生活的，有展现风俗民情的……那"瞿秋白烈士纪念碑"高耸于层层台阶之上，两侧翠柏肃立，碑后青山连绵；"云骧阁"凭江而筑，千秋月白；"文庙"庄严肃穆、古色古香；"丁屋岭"的水车、瓦檐、美人靠、劳作的农人，皆生动传神；"大夫第"的雕梁画栋、门扇窗棂，无不惟妙惟肖；"惠吉门码头"的船只穿梭，桅杆林立，客商络绎不绝……这些作品形象逼真、异彩纷呈，且较之传统的剪纸技艺更具创意，恰如一股清风在剪纸界吹过，令人耳目一新。

剪纸是汉族传统民间工艺美术的一种，是中国民间艺术的瑰宝，已有两千多年的历史。它刚刚诞生时，人类还不会造纸术，我们的先祖就用树叶和金、银、帛剪成物象的剪影。最早被载入史册的剪纸作者是公元前11世纪西周时期的周成王，《史记》中载有其"剪桐封弟"的故事：有一天，周成王姬诵用梧桐叶剪成一个玉圭的图样（"圭"是古代帝王或诸侯在举行典礼时拿的一种玉器），把它赠予弟弟姬虞，令其到唐国去当诸侯。君命不可违，姬虞只好拿着周成王剪的"圭"去了封地。汉文帝时，已有"汉妃抱娃窗前耍，巧剪桐叶照窗纱"

的典故。唐朝崔道融的诗中曾言道："欲剪宜春字，春寒入剪刀"，其"宜春帖子"即现在人们所熟悉的剪纸艺术作品。

李商隐在《人日即事》一诗中写道："镂金作胜传荆俗，剪彩为人起晋风。"这里的"剪彩"便是剪纸之意。而剪纸这个词更是频繁地出现于诗句中，如杜甫在《彭衙行》所写的"暖汤濯我足，剪纸招吾魂"，就直接用了剪纸一词。明清，有更多的文人画家、民间画工加入剪纸艺术的创作行列中。一些文人逸士与民间艺人合作，把汉字书法与剪花图案巧妙结合，剪出了比宋代更为精美的花字剪纸。剪纸这门古老的艺术，在民间艺人和文人的相互渗透、相互影响下日臻完美。2006年5月20日，剪纸艺术经国务院批准列入第一批国家级非物质文化遗产名录。作为一种充满民族特色的文化现象，其历史渊源、思想内涵、美学价值，都令人着迷，引人探索。

福建长汀是国家级历史文化名城，自唐开元二十四年（736）设汀州以来，一直是历代州、郡、路、府的治所，地处"客家母亲河"汀江的源头，被尊为"客家首府"。第二次国内革命战争时期，长汀是中国革命转折之地，是中央苏区的经济中心、中央红军正规化的摇篮，有着"红色小上海"之称。如今，走在长汀的大街小巷，凝重的历史街区、古建筑和革命旧址，古老的客家民俗、民间文艺，荡涤心灵的红色记忆、红色故事，都使人驻足流连，仿佛有种他乡即故乡的感觉，外乡人都能在这里找到自己的"乡愁"。

无论是岁时节气习俗、民间信仰、庙会、赶圩、宗祠礼仪、民间文化艺术，

福禄寿禧

八骏图

还是客家方言、客家饮食，无不忠诚地传承着华夏传统文化。在中原和其他地区找不到了的汉族传统文化，在长汀还能找到。如长汀客家方言中留着较多的汉语古音，国家级非物质文化遗产长汀"公嫲吹"是唢呐艺术中古老而独特的品种。还有长汀刻纸龙灯、船灯、踩马灯、十番音乐、九连环、长锣鼓、汀州觋戏、讲古、客家古乐等民间艺术，闹春田、"打菩萨"、台阁、走古事、百壶宴、百鸭宴等客家民俗，白斩河田鸡、麒麟脱胎等长汀客家美食，定光佛、严婆信俗、伏虎祖师、三太祖师信俗、蛤蝴侯王等神秘古老的信俗，玉扣纸、客家酿酒、豆腐（干）、手工米粉制作工艺等传统手工技艺……

这些长汀客家传统文化，都有一个共同特点——古老。

古老的长汀客家剪纸是其中一枝鲜艳富丽的"牡丹花"。据长汀县工艺美术师、国际美术家协会会员、中国美术家协会会员、福建省民间艺术家协会会员郭如淮老先生介绍，长汀客家剪纸也历史悠久，源远流长。中原汉民为避战乱南迁，来到闽西汀州，形成了客家民系，缔造了客家文化，且传承和发展了中原剪纸技艺，形成了具有客家特色的长汀客家剪纸，代代相沿，流传至今。长汀剪纸的一大特点是，多不用描图，打破传统的对称对折形式，直接取材于现实生活，把日常所见、所闻、所思、所感变成剪纸图案，线条简单明快，风格粗犷豪放，朴素自然，乡土气息浓郁。剪纸艺人经过传承、勤学苦练，能随心所欲地剪出丰富多彩的花纹图案，通过发展提升又吸收了"刻、凿、折"等手法，形成了"剪、刻、凿、折"的多种技法，使得作品更加赏心悦目。

逢年过节，在街头巷尾、农家小院、祠堂内外、市集摊点、阳光下、树影里、厅堂内，常可看到客家人在剪纸。剪纸者多为客家妇女。长汀客家妇女在当地方言中叫作"布娘"，据说这称呼源于客家妇女特别勤劳，围着"三头三尾"即"锅头灶尾""针头线尾""园头地尾"起早贪黑、勤俭持家。"布娘"即取"织布的妇女"之意。她们虽然没有多少文化，但却心灵手巧、勤劳聪慧，为传承客家剪纸作出了极大的贡献。剪纸属于传统"女红"中的必学技艺，以前女孩子六七岁就要学剪纸，出嫁时要熟练，这是世代相传的规矩。因此，民间还形成了剪纸的规范，诞生了专门的剪纸图样和存放图样的模板簿子，就像一本剪纸的"词典""工具书"。到现在，民间还有留存客家妇女"剪纸图样折叠包"，折叠包用整张长汀特产的玉扣纸，巧妙地折叠出方形、六角形、八角形等各种形状的纸盒，每个盒子里放一类图样。一个折叠包打开，可以见到层层叠叠十来个小盒子，玲珑精巧，折叠包本身就是一件艺术品了。

长汀客家剪纸昔日以城关剪纸和童坊剪纸最为出名。尤其是童坊镇彭坊村的"刻纸龙灯"，更是享誉全国。这是用特制的数种尖刃斜口刻刀，垫着木盘在色纸上凿刻出的"剪纸"，因此特称"刻纸"。从艺术上看，彭坊刻纸是集美术、书法、绘画、雕刻于一身的民间综合刻纸工艺，分为"阳刻""阴刻"两种。用刻刀凿

花鸟鱼虫

刻纸龙灯

纸，特别讲究凿刻的顺序，必须从里到外、由粗到细，再沿外缘凿刻一圈，刻点多为细密而有立体感的小圆点、小三角和小长方。现今，长汀童坊镇彭坊村刻纸工艺益加精湛，为闽西之冠。龙灯的纹饰多样、生动，在剪纸艺术的基础上，大量使用当地畲族服饰刀刻图案。常见的有"双龙戏珠""狮子滚绣球""喜鹊攀枝""五谷丰登""马到成功"等图案，表达了客家人祈求幸福、安宁、祥和的心愿和对美好生活的向往，具有很强的艺术性和观赏性，是民间刻纸工艺中的一朵奇葩。

每年的元宵节，当地村民家家户户都会动手刻纸、用竹篾扎制龙灯，晚上全村出动，有条不紊地将各家龙灯接驳在一起成为3条完整的龙灯。接驳的过程称为"驳灯"，也有独特的寓意，意思是全村人相互团结、凝聚成龙。刻纸在龙灯烛光映照下光彩夺目，美不胜收！

据传，清代康熙年间，彭氏第十五代祖先彭景周将福建泉州的刻剪纸艺术与中原的元宵花灯艺术相融合，并加以创新组合，从而形成了闽西民间独具特色的、融合龙图腾文化、刻剪纸文化、花灯文化、客家文化等多种文化于一身的"刻纸龙灯"，迄今已有300多年的历史。彭坊刻纸传承完整，现在村里的彭慕财和张廷玉两位老人，都是省级非物质文化遗产刻纸龙灯的代表性传承人。

客家剪纸风

彭慕财老人15岁开始跟着叔父彭怀标学刻纸，至今已有50多年，其作品极富客家民俗文化内涵和浓烈的乡土气息。他从小扎扎实实学艺，数十年来从未间断。谈起剪纸，彭慕财老人容光焕发，自豪地向我们展示他的作品与证书，眉飞色舞地讲述着刻纸的门道。他告诉我们，刻纸看上去简单，其实里面的工序、艺术可复杂了，并非一朝一夕能练成，非得下苦功不可。

张廷玉老人生于1953年1月。他也是十几岁就开始学习刻纸，从艺近50年，创作了无数作品。翻开他的作品集，只见飞禽走兽、人物建筑、山川河流皆跃然纸上。他的作品造型优美、线条柔润、富有装饰性，尤其是表现客家民俗风情的刻纸更为出彩，可谓"圆如满月、弯如弓弦、缺如梳齿、线如游丝"。老张从小家境贫寒，却对刻纸很感兴趣。起初买不起色纸，他就捡别人丢弃的边角料来练习。"开始是刻些小花小草小猫小狗之类，学了一段时间后，刻出来的东西就比较像样了。"老张是打心眼里喜欢刻纸，常常一刻就是几个小时。他还常常教村里人刻纸，乐在其中。

长汀客家剪纸丰富的内容、特征对研究客家文化的形成和发展具有重要的参考价值，对丰富和完善龙图腾文化、刻剪纸文化以及花灯文化都将产生一定的作用。2011年，长汀客家剪纸被福建省政府公布为第四批省级非物质文化遗产。

客家剪纸艺术凝聚着一代代客家劳动人民的智慧与心血，其独特的魅力并不因岁月变迁而削减，反而如陈年的佳酿，历久弥香！

添丁豆腐宴
TIANDING DOUFUYAN

濯田镇美溪村有个独特的民俗，每年正月要办一次"添丁豆腐宴"，迄今已有一百多年历史。

旧时，客家妇女产下男婴，俗称"添丁"。据《濯田镇志》载，明朝初年，谢氏从连城迁入濯田镇后，兴民风，讲礼仪，注重人口发展，重视人才培养，特在村口兴建"添丁桥"，桥头安奉"添丁菩萨"。村里人家若喜得贵子，就备好"三牲"（鸡、鱼、肉）及香烛、鞭炮，虔诚供奉添丁菩萨，并将写有新生儿名字的红纸条，贴在刻有"天官赐福神位"字样的石柱上，祈祷新丁一生吉祥福禄，长命富贵。

此外，为增添春节期间的欢乐气氛，增进族人之间的感情，美溪村的祖先又立一规矩：每年正月，全村共同为上年添丁的人家贺喜。

添丁菩萨

由上年最早添丁的家长牵头，召集全村上年添丁的所有人家，于正月十五元宵节这天设"豆腐宴"，邀请全村各家各户（每户一人）前来赴宴。豆腐宴是汉族传统名宴，大概始于古代帝王封禅祭祀时，"食素斋，洁身心"。客家人自中原迁徙而来，自然延续了传统饮食文化的精髓。豆腐宴不一定每道菜都有豆腐，但必须以豆腐为主，有几个地道的豆腐菜肴，以保留农家味道，突出民俗特色。

汀州豆腐及其延伸特产汀州豆腐干素来闻名。《汀州府志》记载，明朝洪武年间，太祖朱元璋派大将朱亮祖驻防汀州府。朱亮祖喜食豆腐，对其大加赞赏："细嫩如脂，入口润滑。"清末，汀州左营把总邱洪得晋调台湾升任千总，留恋家乡风味豆腐干，便写信并汇上路费，聘请家乡擅长制豆腐的亲族前往台湾，专做豆腐干，从而将制作技艺传播到了宝岛。南来北往的人们在慕名品尝汀州豆腐及豆腐干的同时，也将其名其艺传播到了海内外。长汀习俗，凡出远门，必带豆腐干馈赠亲友，并以豆腐干融合异乡水土；长汀旅居海外的侨胞，回乡时必吃家乡豆腐，离乡时也必带豆腐干。

濯田豆腐较之一般的汀州豆腐，更鲜、更嫩，让人回味无穷。原因一是源自汀江的水质甚好，二是祖传的工艺独特。它采用酸浆（酸的豆腐水）作为凝乳发浆媒介，经过选料、浸泡、磨浆、熬制、游浆、舀格、压滤、切块等工序，火候、时间要把握得恰到好处，方才制成柔韧鲜滑、味道纯正的豆腐。"美溪一席豆腐宴，除却汀水做不来。"添丁豆腐宴，是游子心中深深的故乡情结。中山大学中文系教授、著名作家、文学评论家谢有顺就是濯田美溪人，他在《"远望可以当归"——濯田二书小序》中写道："那幢老屋，那碗米酒，那桌添丁豆腐宴，就像一条条情感的丝线，牢牢地系住了濯田人的心。"可见其对家乡"豆腐宴"之魂牵梦绕。

随着时代的发展，村民的观念也在更新，如今不管生男生女，都算是"添丁"。添丁豆腐宴由简到精，日期也作了调整。改革开放以前，正月十五那日，添丁人家负责宴请大家吃豆腐、饮米酒。赴豆腐宴的乡亲不会空手，一般自带煮熟的炸肉、面条、米粄等，有的还会带上一壶米酒。改革开放以后，豆腐宴的时间改为正月初八，添丁人家备的菜肴逐渐增多。"莫道豆腐寻常菜，巧手烹成席上珍。"豆腐宴上的菜品各式各色，花样繁多，有红豆腐、炸豆腐、漾豆腐、籴豆腐、豆腐饺、豆腐满丸……还有鸡、鸭、鱼、肉、海鲜等，一年比一年丰盛、精致，赴宴乡亲也不用自带酒菜了。

每年"豆腐宴"那天，数百村民欢聚一堂。人们一边大口吃菜、大碗喝酒，一边拉家常，交流上年的劳动成果，讨论当年如何增产增收……几十桌宴席场面壮观，热闹非凡，洋溢着幸福祥和的气氛。

濯田美溪村的添丁豆腐宴，百余年来从未间断。这一民俗，既是客家人对中原传统饮食文化的传承，也体现了宗族团结、睦邻友好的淳朴民风，表达了人们对美好生活的向往。

添丁豆腐宴

偷 青
TOU QING

偷青，即偷取他人菜园里的蔬菜，是流传于中国某些地方的庆元宵习俗。长汀县馆前镇部分村落亦有此俗。

小时候，我们总是在元宵节那天，提个小竹篮，约上几个小伙伴，一同去偷青。对于我们这些乡里孩子来说，摘菜是再简单不过的事。何况，村子只有巴掌般大，邻居的菜园我们都一清二楚。不过，毕竟是偷，所以我们一般选择夜幕降临时分，披着清辉，悄悄来到某户人家的菜园里，扯上几把蔬菜或葱蒜。偷葱寓意聪明，偷蒜意即会算数，芹菜寓意勤快，生菜乃生财……要是同伴中有谁发现了稀罕的品种，就会招呼大家也过去采摘。当然，偷青应适可而止，数量宜少不宜多，更不能随意践踏菜园。这样，主人家即使听见响动，也不至于真生气，顶多就是佯骂几声，我们听了反而眉开眼笑。因为这表示不吉利的话都在这天被骂尽了，接下来一年到头都会吉祥如意。

返家的路上，常会遇到三三两两的同村小孩，有的篮子里还是空的，有的与我们一样，篮子里已经盛了菜。彼此便会心一笑，有时还会互相通气：谁家种的菜品种多又鲜嫩，谁家有狗，谁家大婶的嘴巴特厉害……

回到家中，把偷来的蔬菜交给父母。父母一一点数，边点边说句吉利话，要是看到有多种寓意好的蔬菜，就会格外开心。当然，我们家的菜园子也少不了邻居小孩光顾。反正，你偷我的，我偷你的，图个开心、吉利罢了。

长大后，我们全家搬到了县城。在寸土寸金的城里，居民想要拥有菜地简直是奢侈的念头，偷青的习俗自然也就无法延续了。不过，童年的记忆却从不曾远去，偷青的乐趣也常令我回味不已。

曾经以为，偷青是我们这儿特有的习俗，查阅资料后方知并非如此。在古

菜园子

代，元宵节又叫"放偷节"。《魏书·东魏孝静帝纪》记载："（天平）四年春正月十五日相偷戏。"说的是北朝拓跋鲜卑族在元宵夜时，相偷戏盛行。"相偷"即互相偷窃。放偷节里，各地"偷青"的不少。江苏省《沙川抚民厅志》提到妇女出门观灯时，"或私摘人家菜叶，以拍肩背，曰拍油虫"。清代广东文昌县也存在"元夕偷青以受詈为祥，失者以不詈为吉"的习俗。不过有些地方仅限于姑娘偷青，且严禁偷本家族的，也不能偷同姓友人家的，因为这与她们的婚姻大事有关。除了偷菜，人们也偷别的东西，比如偷灯。《岁时广记》引《本草》称，宋人认为正月十五日的灯盏可以使人生子。旧时元宵节夜里，家家门前都会点一些用豆面捏成或用萝卜刻成的灯。女子若婚后许久不育，当晚就上街去偷灯吃。一般偷刘姓或戴姓的，取其谐音，意为"留住孩子""带上孩子"。还有民谣唱："偷了刘家的灯，当年吃了当年生。"虽是迷信，但也吉庆、有趣。

因元宵开放夜禁，古人们的行动比往常自由得多，不仅玩得尽兴，也"偷"得开心。人们对这类"偷窃"行为大多采取宽容的态度。因为偷窃是相互的，纯属一种玩闹的方式，所以只是各自严加戒备，并不抓贼。失窃后也仅是去想

偷青

法取回失物而已，官府并不予干涉。宋代洪皓《松漠纪闻》载，"放偷"日，有妇女明目张胆地带着婢妾到他人家，趁主人迎客之际偷窃物件。主人发现后，便提着茶食糕点上门赎取。除了元宵，平日是严禁偷盗的，一经查获，除依法论罪外，还需加倍赔偿。

  人们为何单单在元宵放偷呢？《中国古代文化史》说："元宵放偷是一种别致的馈赠形式，它是原始共产制的折射。"故而，古人们在元宵节总是"偷"得不亦乐乎。这情形很像前些年风靡全国的"QQ农场"，还有现在支付宝上的"蚂蚁森林"。这样的"偷"，只是一种娱乐的游戏，并非为倡导偷窃。有位朋友说得好：在特别的节庆日子里，无论偷、骂还是放偷，这些违反常规的行为，都只是一种象征性的特赦仪式，体现了人们普天同庆的谐谑意趣和宽容情怀，是对自我封闭、以邻为壑的反叛。

清明忆
QING MING YI

又是一年清明至。

母亲托人从老家捎来几根米粿。我仔细端详着，雪白的米粿，两端和中间部位印着三个小小的、红色的梅花图案，像极了少女藕臂上点的朱砂。吸吸鼻翼，一股大禾米特有的清香，调皮地钻进鼻孔，长驱直入心田。

在我的老家河田镇，每到清明节前夕，家家户户做米粿。制作米粿的原料是大禾米。家庭主妇提前把大禾米洗净，在清水里浸泡一小时左右，随后把大禾米放入锅中煮至翻滚。再把米捞起，沥干水分，用"兑砻"捣，叫"捣米谷"。所谓"兑砻"，利用的是杠杆原理。以一块条石为支点，一根两三米长的粗木头架在条石上，一端削成扁平状，另一端牢牢嵌着一段竖立的、半米左右的短木头，这段短木头正对着一个大石臼。"捣米谷"需俩人配合。一人站在削扁的长木头一端，一脚用力踩下去，另一端便高高翘起。然后脚一松劲，彼端嵌着的短木头便重重砸在石臼里的大禾米上，就这样反复地捣。另一人蹲在石臼旁，趁木头翘起时，将一根长铲子伸进石臼，眼疾手快地把米团翻动一下。

等到把大禾米捣成粘块，把粘块揉成团，放入蒸笼，蒸三十分钟左右。待到打开盖子，顿时一股浓郁的香味扑鼻而来，沁入肺腑，飘出屋外。再看看蒸笼中的米，已变得又松又软。若是家有幼童，此时多半已馋得不行。做母亲的便会从蒸笼中抓起一小块大禾米，用手握一握，慈爱地递给孩子。孩子便一把接过热乎乎的米团，忍着烫，左右手交替握着，欢呼雀跃地跑出厨房去享用了。这时，大人们把蒸好的米团再次拿到"兑砻"里捣。把大禾米捣得又烂又软了，便拿到簸箕上，揉搓成婴儿手臂般粗细的圆柱，这便是成形的米粿了。最后拿出一种叫"红花子"的红色植物粉末，用筷子头沾着，在米粿的两端和中间印

米粿

上三个红点，一者是为了看着吉利，二者是起装饰点缀作用。讲究些的人家，还会准备专门的模子，印上花瓣或钱币的图案，看着更是赏心悦目。刚做好的米粿，软软的、糯糯的、香香的，可切成片蘸白砂糖吃，也可炒着吃，还可煎着吃，全看各人的口味了。

　　米粿还有个重要的作用——祭祖。清明前后，新生男孩的家庭提着猪肉、米粿到祠堂"上丁"，将小孩名字记入"清明簿"，备日后修谱参证。如今，农村树立新风，将女孩也同等看待，一一记入族谱。乡间60岁以上男性老人还可参加"吃老者"酒宴，费用由全族人捐助。

　　扫墓，长汀人俗称"醮墓"。其实，从春分日起，便有人前往亲人墓地扫墓，清明时节达到高峰，直至谷雨前后。我们老家扫墓分为扫"众墓"和扫"私墓"两种。"众墓"是指四五代以前的高祖墓地。同族人家轮流当主家，主持祭奠事宜，招待同族各房各户来参加扫墓的人，俗称"醮墓酒"。扫墓前，主家先备好草纸、三牲、米粿和米酒等供品，在祖宗神位前祭祀。然后，从远祖墓到近祖墓依次祭扫。所有祖墓祭扫完毕，给每个参加祭扫的族人分发米粿。回家后，请族人和出嫁姑姐"吃醮墓酒"，每桌还要炒一大盘米粿。"私墓"则是三代以内的祖父辈墓地。一般是先"公"后"私"，祭扫仪式简单而隆重。当天清早，带上供品及镰刀、锄头等工具。到达墓地，先把四周的杂草除净，再将花纸（洒有公鸡血的草纸）压于墓碑额上，然后点香燃烛，摆上鸡、肉、鱼、米粿等供品。安排停当后，扫墓者在墓前祭拜。拜毕，燃放鞭炮，焚烧纸钱。青烟缕缕，哀思绵绵。扫墓后，将供品带回，烹制后合家共食，分享祖宗的荫庇。

据说，汀州客家人用米粿扫墓的习俗始于明朝正统年间。汀人马驯高中进士，四朝为官，清正廉明，关心百姓疾苦。晚年归乡，在汀终老。朝廷追念其功绩，特遣钦差主持葬礼。因马驯生前常为民赈粮济灾，其后人特奏请钦差，在祭品中增加米粿。百姓闻讯，纷纷带米粿前往祭奠。此后，米粿便成了客家人扫墓的必备供品。

客家人对清明扫墓的重视程度丝毫不亚于过年。远方的游子，若非万不得已，必定赶回老家祭扫，这不仅是为了表达对祖先的怀念，也是让后辈铭记自己的根，还可增强族人的凝聚力，彰显的是一种血脉的传承和责任。客家人来自中原，是中原古文化的传承者。即便历经千百年，与当地土著文化有所交融，仍保留大量中原文化元素。清明祭祖，便是这一特点的明证。

一年一度的清明祭扫，寄托着客家人对祖先的追思和深深的故土情结。看着桌上的米粿，我的心早已飞回了故乡……

打马荠
DA MA JI

马荠者，荸荠是也。荸荠是一种草本植物，果实长在地下，皮色紫黑，肉质洁白，味甜多汁，清脆可口。在闽、粤方言中，果子一类东西被统称为"马"（音），在具体称呼某种果子时，则习惯于将"马"置于果名之前。打马荠，是长汀县宣成、涂坊一带特有的一种年俗。

孩子们满村串门打马荠

对于当地的孩子们来说，打马荠是过年时最大的乐趣。这里的"打"，有讨、要的意思。从大年初一的早上一直到午饭前，是全村小孩打马荠的时间。去打马荠的一般是学龄前儿童或小学生，再大一些的就不好意思去了，也容易被人笑话。

初一一大早，孩子们就背起小书包或提个袋子出发了。他们由近及远满村串门，不管认识不认识的人家，都要进门拜个年。孩子们每到一家，就高声喊："恭喜恭喜打马荠，恭喜恭喜打马荠……"主人听见喊声，便拿出早已备好的马荠，满面笑容地迎出来。有些嘴甜的孩子，会再说几句祝福的话语，主人听了更是笑逐颜开，也会额外多给点儿。细心的女主人一般会给最小的孩子先发，因为怕他（她）待会儿跟不上打马荠的队伍，越小的孩子给得越多。半天下来，每个孩子至少能打半书包，嘴甜又勤快的孩子收获会多些，装满了就先送回家，腾空书包再出来。

早先的时候，物资匮乏，糖果、饼干什么的都是稀罕物，而马荠是自家种植的，不用花钱买。主人一般给来家的每个小孩发俩马荠，要是来的小孩太多，荠荠分完了，就给点别的东西。实在没办法的话，给把炒米也行。后来人们的物质生活越来越丰富了，主人家给的东西变得五花八门：花生、瓜子、糖果、糕点、水果……孩子们为了多要一份，经常是大的拉着小的，背上还背一个更小的。要是自己没弟妹的，甚至想方设法到邻居家借个小的背上。全村的小孩成群结队，沿着逶迤的村道走东家、串西家，在纵横交错的田埂上穿梭飞奔。路上遇到其他队伍，彼此还会互通信息：哪家给的东西多，哪家有狗得小心……家家皆以来的小孩多为荣，因为这意味着家业兴旺。有些人家住得偏僻，小孩们不爱去，主人往往以更多、更好的零食诱之。对于孩子们来说，这无疑是一个盛大而欢乐的节日！

关于打马荠，还有个有趣的传说。很久以前，这里有户人家，丈夫叫张根生，妻子人称张嫂。他们有个三岁的儿子，叫小芋头。有一年，不知什么原因，村里的好多小孩都患病了。小芋头也没能躲过这一劫，口干舌燥，咽喉肿痛，头疼发热。夫妻俩没钱给儿子治病，成天长吁短叹。因为心焦儿子的病，除夕那天，张根生还特地到山里采草药。

他刚来到半山腰，突然听见有人在哎哟哎哟地叫唤。他连忙跑过去，只见一个须发皆白的老大爷躺在草丛里，小腿肚上有个伤口正在渗血，上面还有几颗小小的牙印。张根生一看便明白了，这位大爷是被蛇咬了，伤口渗出的血是暗红色的，这一定是条毒蛇！要是不及时施救，老大爷的生命堪忧。张根生没有犹豫，立马俯下身子，用嘴在老大爷的伤口上吮吸起来，吸出一口毒血便赶

孩子们收获颇丰

紧吐掉。连吸了七八口后，伤口渗出的血开始变成鲜红色。张根生这才放心，然后从衣服上撕了根布条，给老大爷包扎好。老大爷笑眯眯地看着张根生，说："年轻人，谢谢你救了我！我该怎么报答你呢？"张根生憨厚地说："大爷，不用报答，换成谁都会这么做的。""你刚才可是冒着性命危险在救我呢！你真的不要回报？"张根生笑着摇摇头："真的不用。老大爷，您现在不能走路，干脆我送您回家吧。"老大爷乐呵呵地说："那敢情好！"

张根生背起老大爷，往山下走去。到了山脚下，老大爷让张根生把他放下来，说："年轻人，我看你心地善良，又肯帮助人，实话告诉你吧，我是这一带的土地公公。我知道村里很多小孩都病了，现在告诉你一个法子。你家屋后的水田边有种植物，叫马荠，你把它们挖起来，它根部的果实可以治孩子们的病。"张根生听了，喜出望外，连忙跪下磕了几个响头："谢谢土地爷！谢谢土地爷！"老大爷变成一缕烟从他眼前消失了。

张根生一路飞奔回家，果然在屋后找到了土地爷所说的马荠。他把马荠拿给儿子吃，儿子吃了，连声嚷着还要，蹦下床来，一口气又吃了好几个，精神也大为好转。这可把张根生夫妻高兴坏了！消息一夜之间传遍了全村。第二天，全村人都陆续带着孩子来到张根生家，一进门就说："恭喜恭喜打马荠！恭喜恭喜打马荠！"张嫂就拿出马荠，给每个孩子发两个。从此，大年初一打马荠的习俗就传了下来。

不过，时代在发展，世事在变迁。近年来，好些人家搬离了农村，孩子比以前少多了，金贵着呢，父母也一般不放心让他们到处乱跑。如今，再也看不到全村孩子齐出动打马荠的热闹场景了，童年也一去不复返了。

苦竹山奇俗
KUZHUSHAN QISU

未到苦竹山苏竹村，你想象不出，在闽西一隅的崇山峻岭之中，竟然隐藏着这样一个古老的村落。

它位于红山乡东北部，距红山集镇22公里，地处偏僻，交通不便，海拔近700米，坐落于高山盆地间，东、南、西三面都是高山峻岭，因开基时有连片的苦竹林，故名苦竹山。

苏竹村原名苦竹村，于元代中期建村，是客家钟氏的重要发源地之一，也是第一批列入"中国传统村落名录"的村子。全村约千人，均为唐代汀州刺史

苏竹村俯瞰图

钟翱的后裔，本为畲族，后因历史原因，转为汉族。他们祖祖辈辈在这里繁衍生息了七百多年，沿袭着一些与众不同的民俗，令人称奇。

苏竹村最奇特的习俗，当数炉火节。

村里有一座炉形祠堂，乃开基鼻祖千十三郎（也叫三世公）所建造，故称"三郎公祠"。元宵节那天，苦竹山村民竟然是以火烧祖祠的方式祭祖。如此疯狂的习俗，普天之下恐怕仅此一家。那么，此俗究竟因何而起？从村里老人口中得知，原来苦竹山的地形好似一个大火炉，那座纪念开基鼻祖的三郎公祠正好位于火炉中心，村民们通过这奇特之举，祈盼家族越烧越旺。

每年的正月十五和八月十五，村子里都要举行隆重的打醮仪式。仪式上供奉的是观音菩萨、五谷大神、石森大师、真武祖师。另有钟全慕刺史的陈、云、傅三位将军，以及两位将守，原本供在公王庙，醮事时供奉在祠堂左边。

村里的钟氏后裔共有六个房族，每年的打醮活动由各房轮流主办。轮到打醮的主家需提前半月斋戒，并备好若干竹编灯笼、两条龙（一青一黄）、两头狮子。从正月初二、初三开始，主家便组织一些本房族的青壮年，把菩萨从小庙请出。然后，一队人马提着灯笼，舞着龙和狮，走街串户，到周边的童上、红缎、苏陂、中平、上平、元岭、坪埔等村庄巡游拜年。巡游活动要持续十余日。

正月十五那天早上，全村人聚集到祖祠门口，先按辈分依序祭拜祖先。祠堂内有四个刚劲有力、雄浑厚重的大字——"忠""孝""廉""节"，这是祖训，意在告诫后人勿忘对国忠诚、对父母长辈尽孝，做官要廉洁自律，妇道人家要谨守贞节。

在祖祠右侧数米处，有座"节孝牌坊"石牌楼，上刻"节孝流芳"四字。该牌楼建于清道光年间。当时，有个温姓女子，"秉恣贞静、赋性宽和"，嫁与村里的钟国荣为妻。家翁早逝，温氏"事姑服劳、奉养，深得欢心"。姑"年七旬，肩背患疯损，日痛数次"，温氏每日坚持为其按摩，一年多后，竟然不药而愈。人们都认为，此乃温氏孝心感动上天所致。其夫患痨，严重时不能饮食，温氏无微不至地照顾他，虽"历久无少懈"。夫君去世时，温氏年仅二十三岁，已怀胎五月。她生下遗腹子钟伯会，含辛茹苦抚养成人。后来，钟伯会成为监生。温氏守寡三十五载，节名远扬，故立"节孝牌坊"予以表彰。数百年来，村中妇女大多以温氏为榜样，谨守孝道与节操。村口有条水沟，经村寨入口处有个低矮的洞。以前，寡妇若要改嫁，须从此洞钻出，方可离开村寨。新中国成立后，倡导男女平等，婚姻自由，此俗即被废除。

人们在祖祠祭拜完毕,把燃烧的蜡烛推倒。祖祠除墙壁为黄土夯筑外,梁柱、器具多为木制或竹制。火势很快蔓延,竹木器具被烧得噼啪作响。火光熊熊,映红了人们兴奋的脸庞。火越旺,人们越开心,大家乐呵呵地说:"来年一定旺上加旺!"烧完祖祠,人们还要举行一些庆祝活动,如唱山歌、演奏十番音乐、踩船灯等,直至兴尽方散。

过后,主家还须负责带人上山伐木、挖泥做瓦,于八月十五之前把祖祠修建回去。年年岁岁,苦竹山人把祠堂烧了建,建了烧。七百多年里,祖祠被烧了七百多次,也重修了七百多回。如今,苏竹村的炉火节,虽不再点火烧房,却依然透出些许神秘狂野的气息。

苦竹山人每年的打醮活动,除火烧祖祠外,还有一项重要的内容——祭井。

所谓祭井,就是到井边去祭拜井神。村内现存六口古井,均掘于明代。井为方形,井口围有大理条石,尺寸约1.5米见方,深浅不一。苦竹山地处高山,没有溪流,亦无其他水源,所以村子里不管喝的、用的,全靠人力去井里取水。这些井就像母亲,用甘甜的乳汁,哺育着苦竹山的村民。因此,这里的人对水有着一种与生俱来的渴望,对水井怀着一种无可比拟的崇拜!苦竹山人用的取水工具带有客家传统特色,他们在竹、木扁担的两端分别安上铁钩(长汀话叫担钩),钩住木桶,担在肩上。在井里取水时,往往无法一口气提上一大桶水,于是他们就用另一只担钩在井沿钩放着,稍做歇息。日复一日,年复一年,那被钩过的石板井沿,留下了一排小圆洞。这些深深浅浅的小洞,无声地诉说着苦竹山人的勤劳与艰辛。

祭祀井神的节日,人们先在家门口燃放鞭炮,表示对井神的尊敬,然后,提着供品、香烛走向祠堂。祭拜时,鼓乐手们排列于井边,鼓乐齐鸣。觋公(道士)则神情肃穆,面向井口,嘴里念念有词,祈求井神保佑常年井水丰沛,让村民们有取之不尽、用之不竭的生命之源。

村里有座应宗公祠,里面供奉着穿山甲神。据

古井

祭拜井神

风水先生说，应宗公祠的地形是鲢鲤（即穿山甲）吐舌形。传说，穿山甲神以木为食，故该祠自建造以来，虽经历次修葺，外墙围护结构的建筑材料均为木质。祠堂门前左右两侧各有一口古井，据说是穿山甲的眼睛。其余几口古井有何说道，不得而知。

村口的寨门古老，梁柱斑驳。一条约六七十度的石阶路向上延伸。路宽不足一米，两边皆为崖壁，别无他路，真有"一夫当关，万夫莫开"之险！据史料记载，当年，长汀全县赤色一片，邻近乡村的地主、恶霸、土匪头子逃到这里，建立起一支400多人、装备精良的反动武装，并在上山必经之路修筑了坚固的碉堡。四都区苏维埃政府奉命组织了400多人的赤卫队，先后于1930年6月和1931年1月，两次组织攻打苦竹山，但均未成功，且伤亡惨重。敌人的反动气焰更加嚣张。为拔掉这颗苏区腹地的"钉子"，1932年正月，红十二军三十六师101团一个连，在汀连赤卫团和四都赤卫队独立二、六连的配合下，开始三打苦竹山。敌人凭借地形优势和凶猛火力，顽固抵抗，红军的进攻一度受阻。后来，红军派出一个小分队，由当地村民引路，从敌阵地后侧的悬崖绝壁中攀缘而上，与正面攻击的红军前后夹攻，经过半天的激烈战斗，全歼敌人。

自此苦竹山反动武装全部清除，闽西、赣南根据地连成一片。在三打苦竹山战斗中，有数十名四都籍赤卫队员壮烈牺牲。为纪念他们，新中国成立后，苦竹山更名为苏竹村。

苏竹村钟灵毓秀，人杰地灵，出过不少人才，如生于南宋年间的陈良（1215—1276），字文美，少年丧父，母子相依，发愤攻读，得中进士，后调任庐州安定尉，是身处逆境、奋发有为的典型；再如近代的钟能勇（1910—1931），1928年加入中国工农红军，1930年加入中国共产党，时任四都赤卫队队长，1931年参加"三打苦竹山"战斗，不幸牺牲。

"承平无事酒为年，步上高山最上巅。九万乾坤来睫下，三千世界入樽前。化妆锦绣春迎日，竹掩琅轩晓拂烟。风景不殊人易感，物情世态两牵连。"品着苏竹清代举人的诗句，穿行于古老的石砌小路，感受着浓浓的山野气息。苦竹山钟氏祖坟龙脉山上的九棵老松，栉风沐雨，默默守护着苏竹村。前方山坡上有片梯田，层层叠叠，好似天梯悬垂而下，又像海面泛起的层层清波。这些梯田，是苏竹村祖祖辈辈辛勤开垦的劳动成果，凝聚着他们的汗水与智慧，孕育着生生不息的希望。

苏竹，这个藏于深山的古朴客家村寨，以它独特的人文、迷人的民俗风情，以及光辉厚重的历史，深深吸引着我们。它就像一位阅遍沧桑的隐者，又如一座立于高山之巅的丰碑，令人景仰、令人回味！

打石菩萨

DA SHIPUSA

"打石菩萨",谁敢如此"大不敬"？然而,这一幕却年年都在长汀县四都镇的渔溪村上演。

据传,这一民俗始于明末清初,已有数百年历史。被打的"石菩萨",是一块被村民供奉在神龛中的"石头",裹着红布,被敬称为"石佛公"。所以,打石菩萨,又叫"打石佛"。

传说,明末年间,渔溪大旱,田地龟裂,农人焦心。某日,一老者以一石块堵田缺,意外发现田中水渐满。一后生见之,窃石至自家田。次日,后生家田水充足,而老者家田旱。老者寻之,争抢不休。旁人皆责后生。后生遂言,曾梦见一白胡子神仙告知,此石用以堵缺则田有水,以棍击之则水益丰盈。村人称,既是神石,应归全村共有,故选址供奉。每年元宵节前夕,以打菩萨的形式迎神接福,世代传承。因为这项活动具有一定的危险性,所以只允许青壮年男性参加。每年正月十三,人们把平日供于庙里的石菩萨,绑在一个简易木轿上,由四位身穿红衣、身强力壮的男子抬轿。另外还有一支打石菩萨的队伍,由数十个精壮小伙组成。他们各自高举一根约五六米长的竹竿,上面绑扎着厚厚一层红布,是准备用来打菩萨的。一眼望去,威风凛凛,看得人心里直发怵。笔者有幸目睹过一次打石菩萨的活动。

上午九点半左右,活动开始了。鞭炮声阵阵,村里的其他神像走大道进村,唯有这石菩萨,被四个素食三天的"勇士"悄悄抬着,从村外走小路绕弯道,想越河进村。河不深,说是河,倒不如说是溪。这时抬轿者要用最快的速度过河,若是等手持竹竿的大汉们冲过来,将他们拦截于半路,那就别想轻易过河了。其时,气温很低,河岸的观众大多穿着厚厚的棉袄,抬轿者却衣着单薄。

拦菩萨　　　　　　　　　　　　　　打菩萨

河水冰冷，看着就不禁心生寒意。遗憾的是，抬轿者速度太慢，才到河中心便被拦住了。等候多时的大汉们高声呐喊，手持竹竿往前冲，拦住欲强行冲关的"石佛公"轿子。劈头盖脸抽打着石菩萨，拦着抬轿者不让挪步。一冲一拦，场面格外欢腾。霎时间，呐喊声四起。轿子要朝前冲，持竹竿的小伙则拼命顶住，拦着不让其挪步。有人叫着喊着，有人摔进了水里，有人扯破了衣裳，但是闹得越凶，气氛越欢乐。据说，打的次数越多，拦得越久，来年就越是风调雨顺，事事平安。

在大汉们猛烈的攻势下，石菩萨一次又一次被推入水中，抬轿者也狼狈不堪，刚把石菩萨抬起又被打翻，观众都被逗得捧腹大笑。抬轿的人好不容易才冲出重围，上了河岸。

后面每一段路都走得十分艰难。本来这活动一般一个多小时就能完成，可这次因为途中严重受阻，已经过去两个多小时了，抬轿者才闯到最后一关。他们要抬着轿子经过一条一米余宽的小路，小路两侧都是池塘，要是掉下去那可真是够呛。

此时，数十根竹竿已经只剩下一根了，其余均已打折。他们干脆不用竹竿，直接冲上去硬挤，想把抬轿者挤下池塘。二十几个大汉在狭窄的小道上你推我搡，互不相让，很快便接二连三有人落水，池塘里水花四溅。场内外吆喝声、尖叫声、叫好声、叹气声、欢笑声、鼓掌声不断，汇成了一曲奇特的交响乐。一条长仅十五米左右的路竟然花了十多分钟才走完，足见双方对抗的激烈程度。

最后，终于把石菩萨抬到了目的地，人们把石菩萨洗净，供于村里的祠堂，接受村民的祭拜。紧接着几十挂鞭炮一齐燃放，锣鼓喧天，在一片欢乐、喜庆的气氛中，精彩的打石菩萨活动终于结束了。

031

菩萨洗净后供于祠堂，鞭炮齐鸣

打石菩萨是一种融竞技、娱乐和体育运动为一体的客家闹元宵盛事。这一特殊民俗不仅是为了欢庆元宵节，更是为了表达对神佛的虔诚敬奉和热情挽留，祈盼来年风调雨顺、五谷丰登、国泰民安。近年来，这一活动吸引了许多游客前往渔溪，一睹"打石菩萨"的盛况。

堆粿塔

DUI GUO TA

闽西一隅的长汀县宣成乡，是开国上将杨成武的故乡。这里有个有趣的庆元宵习俗——堆粿塔。

粿塔，顾名思义，是用粿合堆成的"塔"。先把粳米磨成粉，再和水揉成团，搓成一根根小圆棍（形似鱼鳔），放入油锅炸成粿合（含和合之意）。然后把粿合沿底座边沿一根根交错，逐层堆砌成塔。塔呈圆形，寓意圆满。粿塔有高有低，最高可达 5 米，需六十斤粳米方能做成。

堆粿塔的习俗由来已久。明清时期，宣成乡中畲、畲心、下畲、兰田四村的村民，在中畲村西北方泥蛇岗上建起一座寺庙，名叫"广明西山寺"。寺内供奉着"三太祖师""四村福主公王""田公祖师"等菩萨，统称祖师菩萨。祖师菩萨由四个村逐年轮流供奉。

每年正月十六举行的"祖师菩萨"游街活动，是宣成乡民最期盼的活动。全乡人于正月十一开始"封斋"（禁食荤），正月十七"开斋"（解禁）。轮到供奉菩萨的那个村，由当年的"福首"组织全村户主抽签，以便决定由谁家负责抬菩萨。其他分工也由抽签决定。大家都很希望能抽到签，因为那代表着新的一年里，一家人平安幸福，事事遂心。当天清晨，众人在"福首"家中举行隆重的"出佛"仪式，恭请菩萨移驾。然后，抽到签的那户人家的男丁便抬着菩萨，根据各村约定的路线游行。游"佛"过程中，村民们前呼后拥，队伍浩浩荡荡，凉伞、彩幡迎风飘扬，放铳声此起彼伏，锣鼓喧天。两条游龙跟随菩萨行进，一路欢腾一路舞。菩萨路过之处，沿途居民热情迎接。五彩烟花冲天而起，鞭炮声震耳欲聋。有人迎神时，队伍须待在原地，等鞭炮放完了才能继续前进。各村均有专门的迎佛之所，当地村民在案桌上摆满供品迎候。菩萨每

到一村会停留半个时辰。其间，该村村民在此虔诚朝拜、祈福念经，还有"民间和尚"（即没有出家但会行法术、驱魔祈福的人）为全村举行驱魔祈福的仪式。

在人们精心准备的各式供品中，最具特色的就是粿塔。负责堆粿塔的人要比其他乡民提前一天（正月初十）封斋。斋戒三天后，于正月十三开始在供桌上堆粿塔。每个粿塔需十几人合作，费时一天方能完成。到了正月十六，才小心地把供桌搬到大坪。宽大的供桌上，米白色的粿塔高高耸立，层层叠叠，做工精巧，格外引人注目。塔尖还有个又大又红的橘子，寓意吉利。三个粿塔分别代表了当地村民的先辈——天子公、天武公和天觉公，中间是老大，左边老二，右边老三。粿塔下方，各种供品的摆设也很讲究艺术特色：用萝卜雕就的动物造型逼真；全鸡须跪伏盆中，上覆鸡血，再点以朱红；各色斋菜上覆以珠花或祝福话语，如"子鼠吉岁报平安，顺顺当当求发财"。前来祈福的人们摩肩接踵，鞭炮声不绝于耳。其场面之壮观，气氛之热烈，令人叹为观止。

粿塔

游行结束后，将菩萨抬到下任"福首"家中，由他家负责全年供奉菩萨。那一年里，人们可随时上他家去朝拜菩萨。

这一习俗沿袭至今，已有数百年历史。粿合是农耕社会的产物，是农人庆祝丰收、祭祖拜神必不可少的物品，代表着农人对传统民俗文化的传承与坚守。人们虔诚祭拜神明，为的是祈祷平安幸福、风调雨顺，盼望来年有好收成、好运气；同时，也促进了村村之间的友好交流，使乡邻关系更加和谐、紧密。

古事花灯闹元宵
GUSHI HUADENG NAO YUANXIAO

"快看，古事来啦——"

听到喊声，围观的人群顿时骚动起来。大家都伸长了脖子，踮起脚尖往前看，生怕错过任何一个精彩的场景。伴着欢快的锣鼓声，杂以震耳欲聋的鞭炮声，古事队伍从烟雾中缓缓走来。队伍很长，前不见头、后不见尾，远远望去，蔚为壮观。

这是涂坊镇远近闻名的庆元宵活动——"走古事"。所谓"走古事"，即化装游行，以历代传说故事、戏曲及现实生活中的人物或情节装扮"古事棚"，再由青壮年抬着游乐。队伍越走越近，迎面来的是一列敞篷轿子，每四人抬一顶轿子，和着锣鼓声有节奏地摇着。每顶轿子上站着一两个五六岁的孩子，他们身着古装，有的扮成张飞的样子，黑黝黝的脸上留着长长的胡子，手执闪亮的大刀；有的扮演猪八戒，肩扛九齿钉耙，腆着圆滚滚的大肚子；有的扮成穆桂英，身着帅服，背插令旗，眼神炯炯，英气逼人……此外，还有"桃园三结义"

走古事

"五虎将""六国拜相""七仙女下凡""八仙过海""五子登科"等等。不仅服装道具精美，且每个古事棚配备一组"五色锣鼓"（鼓、锣、大钹、小钹、铃铛等）随行伴奏，热烈喜庆。人们抬着轿子游行，尽情展演。观众谈论着、欢笑着，不时有人给每顶轿子发红包。虽人潮如织，却井然有序。

"花灯来啦——花灯来啦——"随着一阵喊声，人群再次沸腾。此时，看花灯的人早已挤得水泄不通。为了争得一个立足之地，街头巷尾，檐头屋下，凡是能站的地方都被挤得不留一丝空隙。几十盏花灯华美精致，璀璨无比。男女老少一边欣赏一边指手画脚，细心评点：某某的灯有龙有凤丝绦镶边好漂亮，某某的灯贴了梅兰竹菊的图案真精美，某某的灯用剪纸装饰古朴典雅，某某的灯装上了彩色小电珠亮极了……抬灯的人走动时，花灯一摇一摆，流光溢彩，美不胜收。一路灯火长龙耀，十番锣鼓铿锵敲，场面极其热烈喜庆！

闹花灯

涂坊花灯是汉族传统手工技艺，以竹篾为骨架，灯内放置灯火。花灯一般分三层，做工精细。第一层是八角形的灯帽，上面装饰绘画、书法等图案；第二层是球形多面体，也贴着许多有代表意义的图案；第三层是灯托。每盏花灯大约有几十斤重，抬花灯的人额上都冒出了汗珠，但脸上却洋溢着快乐的笑容。被众人评说好的，一房族的人都开心。游完村喝灯酒，人们举杯互敬、互相祝福，其乐融融。

涂坊人以走古事、迎花灯的方式闹元宵，是为了纪念两位勇于惩恶扬善的涂、赖上祖。传说，公元1297年，涂大郎公到涂坊开基。当时，有邪魔依附社公，为害乡里。乡民每年被迫以童男童女献祭，换取平安，各姓三年轮一转。涂公36岁那年，轮到用涂、赖二公的儿女祭社公。涂、赖二公是姻亲，他们认为神明应是保护百姓安居乐业，岂可享用童男童女？如此伤天害理者，必是妖魔鬼怪无疑！二公遂决定去骊山学法，以治社公。行前，二公在"三佛祖师"神位前许愿：如学法顺利，除妖事成，涂坊就以"千年古事、万年花灯"敬奉"三佛祖师"。二公学法归来后，砍社树，翻庙坛，驱社公，止童祭，胜利除妖，涂坊民众得获平安。涂、赖二公也成为护佑百姓的神明，受到民众的由衷拥戴。涂坊百姓每年正月迎花灯、走古事，敬奉"三佛祖师"暨纪念涂、赖二公。所到之处，家家户户鸣炮相迎。近些年，有乡民赚了大钱，他们感激公王、菩萨的保佑，也祈望年年国泰民安，人人万事顺意，故每年都鸣放大量鞭炮，好像鞭炮放得越多，就越能表达敬意似的。

自清朝乾隆、嘉庆年间以来，这一民俗已延续二百余年。每年正月十三起，一连数日，涂坊乡民共同参与这一盛事。十几二十棚古事和数十盏花灯被抬着游行乡里，吸引无数人蜂拥围观。那几日，涂坊处处张灯结彩，家家宾客盈门。远的，提早四五天就来了；近的，也要住上一两日。有些人家亲戚多，餐餐得摆两桌。客人走了一拨又来一拨，灶里柴火没个停歇，锅铲翻飞，汤汁滚沸。家庭主妇从早到晚在厨房忙活，根本无暇上街看热闹。煮好最后一道菜，刚要舒口气，又一帮客人乐呵呵进门。于是又重摆碗筷小碟，炒一盘盘菜，温一壶壶酒。酒是自家酿的米酒，热情的主人不断殷勤劝饮。于是，四方客人无不醉在醇醇的酒香里，醉在浓浓的情意里！

"千年古事，万年花灯。"涂坊人民以这种独特的方式闹元宵，祈求风调雨顺、五谷丰登、国泰民安，表达了对美好幸福生活的向往，以及祝福祖国繁荣昌盛的美好心愿。

石人游菩萨
SHIREN YOUPUSA

　　新桥镇石人村是个青山环抱、林木葱翠的美丽村庄。村里的山上有块巨石，状似人形，故得村名"石人"。在这里，每年元宵节都要举行"游菩萨"的活动。这一习俗已延续数百年。

　　所谓"游菩萨"，是在元宵节期间，由村民们到当地的寺庙请出菩萨，然后抬着在全村游行。随行的还有锣鼓手和表演节目的人。队伍从东头游到西头，再从西头游回东头，每户人家都要光临，为人们送去祝福，带来好运。

　　正月十五那天早上，抬菩萨的人早早到寺庙集合。他们都是自愿报名的，

石人村的人形巨石

不收一分工钱，只求菩萨保佑来年诸事遂心、阖家安康。菩萨一共有七尊，分别是天上圣母、罗通祖师、福主公王、妈祖、观音菩萨、弥陀佛、煤炭菩萨。其他菩萨别处倒也常见，唯有这煤炭菩萨听来耳生。原来，石人村有"白、黑、黄"三色宝，分别是石灰、煤炭和黄金。由于储量不多，也较分散，一直未能引起外界重视。早年间，当地村民曾用原始土法进行小规模开采。到煤窑采煤有一定的危险，因此村民每次出发前，都要先去拜煤炭菩萨，以求平安。20世纪八九十年代，采石灰岩的村民逐渐增多，被称为"石人下人石灰客"。石人的煤炭与石灰除当地人使用外，也销往邻近村镇。

游菩萨的队伍

　　游菩萨的队伍很长，沿着村道缓缓前行。走在最前面的是扛旗帜和彩幡的人，旗杆长丈余，红绸旗面上绣着一条金色神龙，腾空飞舞，分外抢眼。接着是那七尊菩萨，每尊菩萨前都有一个香炉。菩萨全身塑金，在阳光下闪着金光，预示着将给村民带来兴旺与好运。然后是船灯，船内可站俩人，船头的叫艄公，中间的是艄婆。他们边走边舞，船身上下左右摇摆，仿若在波浪中穿行。最后是锣鼓队，"咚咚咚……锵锵锵……咚锵咚锵咚咚锵……"锣鼓手们劲头十足，敲得很有气势。

　　村民们早早在家门口设好供桌，摆好供品，还不时探看队伍来了没有。菩萨每到一处，三声铳响，震天动地，随之锣鼓齐鸣，响亮而喜庆。"游菩萨咯！游菩萨咯！"孩子们高喊着。一家老小燃烛点香、鸣放烟花鞭炮，热情迎接菩萨，虔诚祈求菩萨保佑新的一年阖家幸福、心想事成。一时间，锣鼓声、鞭炮声、人声交织在一起，热闹非凡。

　　到了中午，抬菩萨的人会在就近的那户人家停下休息，喝茶、聊天、吃午饭。据说，菩萨停在哪家，那一家就沾菩萨的光了，来年必定红红火火、万事如意。所以，村民们都巴不得游菩萨的队伍在自己家落脚，并以好酒好菜热情招待。

　　"游菩萨"的习俗在长汀其他村镇也很常见，只是时间各有不同。这一传统民俗活动，表现了人们对菩萨的虔诚敬仰，表达了他们希望得到菩萨护佑，期盼来年风调雨顺、添丁添财添福的朴素情感。

狂野"闹春田"

KUANGYE NAO CHUNTIAN

"布谷飞飞劝早耕,春锄扑扑趁春晴。"每年元宵前夕,童坊镇举河村(正月十二)、举林村(正月十四)都会举行"闹春田,庆元宵"活动。因其独特,每年都吸引众多游客前来一睹为快。

那天,我们前往举林村时,离村子大约还有两里路,车子已经开不进去了。路边停着的小车蜿蜒成一条长龙,人们只能下车步行。远远地,便听见喧闹声、铳声、鞭炮声此起彼伏。再往前走,只见小小的村庄已经到处是人。

听同行之人介绍,这"闹春田"活动,是由当地村民按姓氏轮流主持的。

闹春田

活动当天，先从回龙庵请出关帝圣君的塑像，固定在木轿上。因为待会儿要剧烈运动，紧固牢靠是首要的。请出的关羽神像安放在"主持"家中。除香火供奉外，还需杀猪宰羊，有的还请来戏班，吹吹打打很是喜庆。下次活动的"主持"是用抽签方式选出来的，村民都希望能抽中。然后，由四个青壮年抬着上百斤重的关帝圣君走出"主持"的家。巡游时，沿途礼花怒放，万炮齐鸣。家家杀鸡、烧香、照烛、虔诚祭拜，还有鸡血酒。随着生活水平的提高，很多村民都住上了新洋房，但祖上的老宅是必须巡游到的。之后，将菩萨抬到本族上年收成最好的一块水田中欢闹。

最激动人心的时刻终于来了！四个抬轿者开始疯狂奔跑、打转、角力，泥浆迸溅。直至有人摔倒后，才快速换上另外四人，重新奔跑、打转。奔跑的速度越快，没摔倒的时间持续越长，得到的喝彩声越多。水花四溅，鞭炮声震天，年轻人个个血脉偾张，全然不顾身上的泥水，力争在众人面前有上佳的表现。奔跑队伍能否稳定不摔，全靠领头人的把控和全体抬轿者的协调。随着活动的火热进行，加入的人越来越多，直至几十人，场面甚是壮观。随后，他们干脆放下菩萨轿子，抬轿、护轿者纷纷朝对方甩泥巴，互相追打，个个均成"泥人"。呼喝声、笑闹声、加油声，响成一片。众人闹尽兴后，才将关公抬到河中清洗干净。然后再轮下一个姓氏宗亲，一路香火鞭炮迎送，抬去他们的田中继续纵情欢娱。

相传很久以前，举林、举河为同一个村子。有一年元宵节前夕，村民抬着新塑的关帝像到寺庙开光。所谓"开光"，是在菩萨腹腔装上五金、五谷等，洗净脸庞、身体，在五官点上清油，意谓让眼看得远、耳听得清、鼻闻得香。再请佛学造诣高深的和尚诵经祈祷，这样菩萨就有灵气了。开光后返回村里时，村民们发现刚才经过的农田一改干涸的状况，水量充足，田里的泥稀巴烂，水也浑浊得很，像是有人刚在田里玩过。深山老林哪有人在此玩水玩泥巴呢？村民们惊讶之余，七嘴八舌议论。他们认为，抬着关帝像在田里打转，把农田搞得烂烂的，定能驱除邪魔，扫除病虫害，保证禾苗生长旺盛。于是，他们便在田里欢闹了一番。春寒料峭，抬菩萨的人穿着单衣也不觉得冷，也没人因此着凉生病。村民们都坚信，这是神明有灵，在护佑弟子健康、平安。从此，每年开春时节，村民便抬着关帝塑像在田里奔跑打转，以期来年风调雨顺、五谷丰登。慢慢地，就演变成现在这样的活动，还有了一个很现代的称谓：闹春田。

"闹春田"狂野、热烈，饱含农民对土地深沉的爱，被称为"客家乡村狂欢节"，是一种别开生面的全民性民间体育、娱乐活动。这一民俗已流传数百年，目的是祈求风调雨顺、五谷丰登，并提醒人们，要开始新一年的劳作了。同时，人们在欢娱中取乐，在竞争中健身，通过比拼体力的形式增进团结。如今，童坊"闹春田"已闻名四方。

闹春田

古城花朝节
GUCHENG HUACHAOJIE

在长汀县古城镇，流传着一个古老的民俗——花朝节。

花朝节，乃纪念花神之节。花朝节的节期因时代、地域的不同，而有二月十五日、十二日、二日之差异。这种现象，应与各地花信的早迟有关。

在宋代以前，过花朝节是高雅的习俗，一般是郊游雅宴，参加者多为文人墨客，有时也有亲朋好友，观景赏花，饮酒赋诗。因此，仅限于士大夫和知识分子之中，民间并未普及。"百花生日是良辰，未到花朝一半春。万紫千红披锦绣，尚劳点缀贺花神。"这是旧时庆祝花朝节盛况的写照。在花朝节这天，人们除了要游玩赏花、扑蝶挑菜、官府出郊劝农之外，一些地方还有女子剪花插头的习俗。自北宋开始，新增了种花、栽树、挑菜(采摘野菜)、祭神等内容，并逐渐扩大到民间各个阶层。

汀人祖先乃从中原迁徙而来。古城镇联结闽赣两省，是客家先民南迁入闽的必由之路。作为客家后裔，古城人不忘根源，继承了包括花朝节在内的许多中原传统习俗。不过，因当时山区盗匪横行，逢年过节常到百姓家抢劫财物、吃食。为免遭劫掠，百姓往往会提前一两天过节。所以，古城的花朝节一般是正月三十，若逢正月为小月，便在二月初一过节。

每逢花朝节，芳菲竞绽，到处春意盎然。古城人便相邀到郊外踏青赏花。人们选地围坐，陶醉于花间，欢声笑语不断。

古城人对花情有独钟，素喜种植花卉。新春伊始，万象更新，煦风和畅，浓浓年味尚未散尽，人们在热闹欢乐之余，纷纷到花市选购花卉苗木，美化绿化家园。除鲜花外，古城人还爱买树苗栽种，如棕树、柏树、油茶树、杨梅树、茶花树……尤其爱买棕树！他们喜欢把棕树种在房前屋后，不仅能观赏，还能净化空气。棕树种下四五年后，便可剥棕花吃。棕花也叫棕贝、树笋，是古城百姓最爱吃的一种美食，略带苦味，具清凉解毒之效。它是古城特有的一道宴席菜，当地有"无棕不成席"的俗谚。

如今，古城"花朝节"逐渐演变成了"抬菩萨"活动，但依然留有踏青、迎春的历史痕迹。古城花朝节的抬菩萨游神并不局限于一佛一庙，而是将全镇所有庙宇的主要菩萨都抬出来游行。游神队伍庞大，依次为：锣鼓、乐队—妈祖—五谷大神—五显大帝—释迦牟尼—观音—汉圣帝—刘、关、张等，其后为民间文艺表演队伍，最后为幡旗队伍和铳队。文艺表演有"踩马灯"，主要体现骑马踏青、赏春的情景；还有茶灯表演、船灯表演、龙灯表演等。演员们边走跳边表演，不时博得阵阵喝彩声。

游神开始后，古城街的所有住房门前都摆设供桌，供奉三牲。人们点起香烛，待游神队伍一到，即燃放鞭炮迎接。观赏的人群挤满街道两旁，到处熙熙攘攘，节日气氛相当浓厚。各地商贾云集，农副产品、手工艺品、玩具食品琳琅满目。

这一天，每家每户都会邀请亲朋来过花朝节。游神从上午九点左右开始，

龙灯表演

中午十二点左右结束。之后，家家宴请宾朋，尽显古城人淳朴好客的民风。因风俗独特，活动内容丰富，每年都会吸引大批采风观光的游客和摄影爱好者来此。

花朝节曾是民间的一个重要节日，可惜唐宋以后，花朝逐渐被清明所代替。目前，仅长汀的古城、广西宁明、龙州一带的壮族仍保留花朝节习俗。

抬菩萨

阳春盛会三月三
YANGCHUN SHENGHUI SANYUESAN

在馆前镇，有个著名的庙会——"三月三"。

"三月三"，古称上巳节，是中国古老的传统节日。但在馆前，"三月三"却被认为是妈祖的节日，每年都要举行隆重的庆祝活动。这一民俗起源于清代。昔日，馆前居住了许多畲族同胞。"三月三"是畲族的盛大节日，加上汉族人的祭祀妈祖庆典，就形成了一个大型民俗活动。

迎妈祖

妈祖是护海女神，长汀属山区，并不靠海，为何也信奉妈祖呢？据考，宋理宗绍定五年（1232），为"更运潮盐"，时任汀州知州的李华及法医鼻祖、长汀县令宋慈，开辟了汀江航运，将土特产运往潮州、汕头一带。然而，从汀江到韩江，急流险滩甚多。长汀汀江第一险滩白头漈，长约3公里，明代潮州籍兵部尚书翁万达在《汀郡守华山陈君平两滩碑》中写道："杂然顽石，偃蹇波中，密若星列，错若棋布，森若戟立，蹲若虎踞。"极言此滩的万分险状。有诗云："盈盈江水向南流，铁铸峭公纸作舟。三百滩头风浪恶，鹤鸰声里下潮州。"船工们在险滩恶浪中往来，常发生触礁翻船事故，造成生命财产损失。在遇到风波不测时，他们多么渴望能得到神明护佑，安全回家。当了解到妈祖是海神，能保护航运安全时，他们欣然接受了妈祖信仰。虽然后来汀江航运衰败，但此信仰却在长汀保留并传承下来。

馆前的妈祖庙不大，占地面积仅3000平方米左右。然而，所供的妈祖神像，却为邻近各地乃至远在台湾的信众所敬奉。相传，当时馆前人文蔚起，百业兴达，经商、从仕者日众。赖氏第十一世太公，曾在陕西宁州府任巡查官，卸任返乡后，在老街建天后宫基点站一座，以求妈祖护佑家人安康。后因火灾，于1982年搬迁至河背石公，重建馆前天后宫。2001年，当地村民自发筹资，在天后宫右侧增建"天后宫戏院"，可容纳千余人。如今，每年三月三日妈祖诞辰和九月九日妈祖升天之庆，天后宫都要请来戏班表演，吸引无数信众朝拜观光。

馆前"三月三"妈祖庙会时间为三月初一至初六，三月初三是正日。本来，妈祖的生日是三月二十三日，馆前为何提前给妈祖庆生呢？这里有个有趣的传说：清代某年，汀州天后宫维修。工程原本进展顺利，但在砌四周的池塘时，却怎么也砌不好塘岸，总是边砌边塌。天后宫呈龟形，宫后有条小路，为龟尾；四周是池塘，池塘里建了四个亭子，就是四只龟爪。整个天后宫恰似寿龟游江，所以池塘至关重要。天后宫维修理事会无法，只好四处打听好的泥水匠。消息传到馆前汀东村，村里的泥水师傅就赶去维修。他们拿出看家本领，将整个堤岸全部用大石块垒成，砌好后终于不再崩塌了。维修理事会很是感激，问他们有何要求。师傅说不要钱财，只求能让他们每年迎接妈祖到馆前去敬奉一次。理事会满口答应，准许馆前在妈祖生日前迎接妈祖，三月初一抬到馆前，初六送回汀州天后宫。于是，每年农历三月初一至初六，妈祖就被馆前人接去。长汀话中，"三"与"生"同音，"三月三"就成了馆前人提前为妈祖庆生的庙会，一直延续至今。

信众进香、朝拜

"三月三"正值阳春，风轻日暖，明媚祥和。馆前人像过年一般，身着盛装，欢庆节日。初三是庙会正日，庙里要举行"拜千佛"仪式。从各地赶来的村民，约有上万人。天后宫前的大坪中，一排排信众秩序井然地进香、朝拜、祈祷。神像前巨烛林立，香烟缭绕，鞭炮声声，锣鼓齐鸣。庙里庙外，人头攒动，热闹非凡。庙坪右侧的戏院座无虚席，台上戏装斑斓，唱腔优美，台下观众兴致盎然，如痴如醉。

当天有游神活动，妈祖娘娘抵达庙会地馆前汀东村时，全村家家门口摆上供品，燃起香烛迎候，鞭炮声不绝于耳，气氛十分热烈。当妈祖神像路过时，信徒们纷纷跪地迎接。当地人对妈祖娘娘的景仰，由此可窥一斑。此外，还有精彩的文艺踩街活动。队伍从天后宫出发，沿步行老街往新街行进，边走边演，载歌载舞。舞狮队、香火队、民乐队、腰鼓队、龙灯队、古事队各显身手。"游船灯"的船是名副其实的大船，长约4米，宽约1.5米，由两人在船内抬着行走。长锣鼓、十番锣鼓、民乐演奏组成十分和谐的文艺表演。五六百米长的街上熙熙攘攘，水泄不通。

这一天，家家户户杀鸡宰鸭、割猪肉、蒸米酒、做豆腐、制作五色糯饭、染红彩蛋等，忙得热火朝天。每家都亲朋盈门，吃饭得开"流水席"，吃一拨走一拨，一天到晚不停歇。来的客人越多，主人越觉得脸上有光。

馆前"三月三"活动如此红火热烈，可见妈祖作为"人格神"而备受爱戴，妈祖信仰深入人心，影响深远。

行香祈福

酒香情醇百壶宴
JIUXIANG QINGCHUN BAIHUYAN

每年农历二月初二，长汀县濯田镇都要举办一次盛大而独特的农耕民俗活动——"保苗祭"。因祭祀现场有数十张供桌排成长龙，摆着成百上千把盛满客家米酒的各式锡酒壶，故又称"百壶宴""百壶祭"。百壶宴为省级非物质文化遗产，2016年被评为"闽西十大经典民俗活动"之一。

据当地地方史志记载，"百壶宴"始于清代康熙年间，盛于同治初年。相传，某年二月初二晚，突然闯来一伙强盗，打家劫舍，甚至把村民们正要播种育秧的谷种也抢走了。大家急得捶胸顿足。危急时刻，三太祖师和五谷大神同时出现，施神力，驱强盗，夺谷种，保平安。为感激神灵护佑，祈求当年五谷丰登、田禾大熟、百姓安居乐业，升平附近十几个自然村的民众，就在春耕播种季节，举办一期"保苗节"。村里有条不成文的规矩，"百壶宴"前，全村人一律素食三天，夫妻不同房，以表虔诚。

活动当天，人们起得很早，无论男女老少都要沐浴，穿起节日的盛装。他们从族人中精选几名壮汉，到福兴寺恭请客家人的保护神——"三太祖师"（定

百壶宴

光古佛、伏虎禅师、文公菩萨)和"五谷大神"(神农氏)下神坛，然后抬着神明周游邻近各个村庄。由近百人组成的队伍浩浩荡荡，他们穿着统一的服装，一路鸾驾执事，有的扛着随风飘扬的神旗，有的敲着锣鼓，发出震天的声响。每到一处都会稍做停留，锡角声声，香烛缭绕，鞭炮齐鸣，铳响连天。途经的每家每户都要拿出客家米酒、年糕之类，摆放到菩萨经过之处，虔诚敬奉，祈佑当年禾苗茁壮，消灾除害，五谷丰登。这就是"保苗祭"。等到敬奉结束后，这些供品可供大家任意享用。

　　为迎接这一天的到来，各家各户很早就开始做准备。为了酿出好酒，家家都选上好的糯米，挑最好的酒饼，用最纯净的泉水，使出最好的手艺。当天，村民们把锡壶擦得锃亮，盛满米酒，再加上年糕、米粄等供品，用竹篮提着，朝升平村中的大坪云集。在两棵千年大樟树下，早已拼好数十米长的供桌，可摆放数百把酒壶和诸多供品。每家每户都端出一壶酒、一盘米粄，摆在一起，成为错落有致的宴席长龙。各家各户的酒都是用锡壶盛装。"锡壶"者，惜福是也，这是启示人们要珍惜当下的幸福生活。客家话中，"壶""福"同音，故而人们把"百壶宴"又叫作"百福宴"。

斗轿

在神像轿前，村民会先来一场"斗轿"比赛，也叫"摇轿"。"斗轿"时，两人一组，肩顶粗大的轿杠，抬着150多斤重的神轿，你推我拉、翻上滚下、互相角力。但见轿子在他们肩上随意翻转，游刃有余。比赛采取淘汰制，淘汰的一方立马换人，比赛继续。就这样，几十人轮番上阵，直至分出胜负。围观的人群中，不时响起热烈的掌声，喝彩声此起彼伏，场面热闹壮观。"斗轿"可说是乡村另一种形式的体育竞赛。在"斗轿"过程中，其实拼的是技巧和气力，谁力气大，耐力持久，谁就容易胜出。"斗轿"的目的是摇醒神灵，保佑百姓五谷丰登、身康体健、万事如意；同时也是告诉村民要团结一心，将传统的农耕习俗发扬光大。

开怀畅饮

经过多轮角逐后，游神队伍以最快的速度冲到"百壶宴"的中堂大位处，安放好神像，供大家朝拜。此时，已近正午，周围人如织，声如潮，鞭炮四起，香烟缭绕。神明高坐神龛，接受村民的虔诚祭拜。伴着金钟鼓乐，欢声笑语中，"百壶宴"盛大开宴。村民们拥到桌前，互相品尝各家摆的供品，看谁家酿的酒香醇，谁家的米粄、年糕美味。大家沉浸在一片欢乐之中，共享辛勤耕耘的果实，祈求来年五谷丰登。参加"百壶宴"者无不尽情畅饮，一醉方休。酒量好的，甚至高高举起酒壶，把酒直接往张开的嘴里倒。喉结快速滚动，咕嘟咕嘟痛饮。来不及流入喉咙的酒，溢出嘴角，流得满脖满身都是，空气中弥漫着浓郁的酒香，真可谓"春醉百壶，尽兴至极"。外乡亲朋及四方慕名而来的游客、摄影爱好者也遍尝美酒、美食，陶醉在长汀客家人如醇酒般浓烈的热情中！

长汀客家人以"百壶宴"这种朴素的方式，表达对幸福生活的热爱和追求，祈愿当年风调雨顺，诸事遂心。"百壶宴"也是春节正月活动结束的标志。这天过后，人们便投入紧张的春耕劳动，开始一年的劳作。近年来，长汀县多次隆重举办"百壶宴""千壶宴"大型民俗活动，既宣传了汀州客家美食，又弘扬和保护了传统农耕文化，同时增强了世界各地客家儿女的凝聚力，深受人们的欢迎。

酒香情醇百壶宴

但祈蒲酒话升平
DANQI PUJIU HUASHENGPING

"五月榴花妖艳烘。绿杨带雨垂垂重。"转眼,一年一度的端午节又到了。

端午节,长汀客家人又称五月节,与中秋、春节并称为长汀三大节日。端午节是为纪念著名爱国主义诗人屈原而设立的节日,现在也是我国的法定节假日之一。在汀州地区,农村多在初四过节,县城则在初五。

端午佳节,自然少不了吃粽子。粽子,应算是中国历史上文化积淀最深厚的一种传统食品了,已有近两千年的历史。长汀人吃粽子的习惯,也是源于纪念屈原的习俗。传说,屈原投江而死,人们为了不让江里的鱼虾鳖蟹吃其尸体,

包粽子

就往江里投放粽子。从那以后，每年端午节，家家户户就包粽子吃了。不少家庭主妇裹好粽子后，10个一串，煮好分送亲友。已订婚的男方须备公鸡、衣物等给女方送节。每当端午节来临之际，长汀城街上随处可见卖粽叶的担子。长汀的粽子是三角粽，有糯米粽，有加花生或豆沙馅的，也有加入香菇和猪肉做成的咸肉粽……解开绑粽的细绳，剥开翠绿的粽叶，闻着诱人的清香，咬上一口，真是醉了舌尖，美了心间！

昔日，长汀人过端午节还有饮雄黄酒的习俗。屋里屋外，也洒上少许雄黄水。据说，这样可以驱逐魔障，保全家健康。小孩不会饮酒，就把雄黄点于额上。端午最宜吃黄鳝，因此时鳝肉最为鲜美，有"端午黄鳝赛人参"的俗谚。

端午节最热闹的，莫过于"赛龙舟"了。比赛开始前，汀江两岸人头攒动。江面上，龙舟成排，整装待发。每条龙舟都高昂龙首，舟身绘着各种图案，五彩斑斓。船头有面巨大的鼓，旁边站着位青壮年鼓手，红头巾，光膀子，看上去威风凛凛。两侧各有四名划桨的壮汉。比赛开始了，鼓手们用力敲起大鼓，"咚咚咚——咚咚咚——"响声震耳欲聋，令人热血沸腾。选手们整齐地喊着号子，奋力摆动双桨。数十条龙舟如同一支支离弦之箭，疾速向前。岸上，观赛的人们扯着喉咙呐喊助威。江面上水花四溅，活像几十条龙在水中翻腾。眼看就要到终点了，人们的嗓子都喊哑了，手掌都拍红了。号子声、加油声、喝彩声、掌声交织在一起，汇成汹涌的浪潮。选手们倾力摆动双桨，恨不得让身下的龙舟飞起来，直接飞向终点。"哔……"只听一声哨响，比赛结束，冠军产生了！顿时，人们欢呼雀跃，掌声雷动，汀江两岸成为一片欢乐的海洋。

赛龙舟这一习俗，在战国时期就已出现。当时他们是作为竞渡游戏，是祭仪中半宗教性、半娱乐性的节目。后来，贤臣屈原投江，楚国许多人划船追赶营救。他们争先恐后，追至洞庭湖时不见踪迹。赛龙舟既是对传统的继承，也是团结和力量的象征，是极为有益的活动。长汀客家人沿袭了这一习俗。不过，因汀江水位下降，已多年不曾举办此赛事了。

以前，每年端午节，母亲总是早早将家里家外彻底清扫干净，接着把菖蒲、艾条和桃树枝插于门楣之上，以阻止邪气、瘴气进入家门。农历五月最易滋生各种蚊虫、蚂蚁。汀城素有端午贴符驱虫的习俗。据说，当天正午，将驱虫符贴于厨房或厅堂的墙壁上，便可保未来一年内家中无虫害。

然后，母亲还要将水煮蛋染红，装进用大红毛线编织的"蛋袋"，连同事先备好的鸡公仔和香包，一同挂在我们兄弟姐妹的脖子上。鸡与吉同音，红蛋即

鸡公仔、红蛋和粽子

　　太平蛋,把鸡公仔、红蛋挂在小孩的脖子上,是祝福孩子逢凶化吉、平安无事。戴香包,则有避邪驱瘟之意。香包内装有香草、白芷等,清香四溢。端午节来临前,街上的一些店铺就会挂出各式各样用红绿彩布做成的"鸡公仔"、用各色绸缎做成的香包,以及用彩色丝线绕成的"粽子",结成一串,玲珑可爱。还有其他各色玩意儿,应有尽有,令人目不暇接。不过,大多数人舍不得花钱买。邻居的木藤姐姐心灵手巧,学过裁缝。她会用丝线、布条、鸡毛制作"鸡公子""小粽子",还会用各色花布做成小香包,内装香粉,形状有圆有方,有时还做成虾、蟹、鱼、狗等模样,送给邻近几户人家的孩子们。于是乎,端午节这天,我们一群孩子便穿着新衣,颈上挂着红蛋网兜、鸡公仔和香包,一个个你追我赶,快乐得不得了。

　　午后,母亲开始熬"药把水"。所谓"药把",就是将山上采来的各种草药捆扎成把。"药把"主要由艾叶、菖蒲、桃树枝、冬青叶、鱼腥草、桉树叶等组成。这天,全家都要用"药把水"洗澡。长汀客家人端午用药草驱邪由来已久。现代中医也介绍说,使用中草药熬制的"药把水"洗浴,可防止蚊子叮咬、抑制病菌的繁殖与传播，预防多种皮肤病。端午节前后，许多中草药进入成熟期，此时药性更强。长汀人对此深信不疑，洗药浴的风俗流传至今。灶火熊熊，把锅中的药把水烧得滚烫，打几勺在木桶里，再加些凉水，让孩子们先洗，然后穿上新衣。小孩洗过后，大人也轮流洗浴。每个人身上，都带着药草的清香。晚间，家人齐聚一堂，执箸举杯，欢度佳节。

唐代诗人殷尧藩在《端午日》中写道："少年佳节倍多情，老去谁知感慨生。不效艾符趋习俗，但祈蒲酒话升平。"一年一度端阳到，且斟一杯蒲酒，祝愿家人安康、天下太平！

大街小巷卖的"药把"

百鸭祭天迎丰收
BAIYA JITIAN YINGFENGSHOU

美溪（羊角溪）村隶属濯田镇，坐落于汀江河畔，三面环水，风光秀丽。该村已有500多年历史，文化底蕴深厚。历史上，这里水运发达，许多人以撑船打鱼为业，也是来往船只停靠过夜之地，村庄一度因此而繁荣，被誉为"鱼米之乡"。

美溪村的民俗活动丰富，主要有新年醮、五谷醮、六月六、八月半、冬甲子醮等。其中，"六月六"民俗节最为隆重热闹，独具特色的"百鸭宴"享誉八方。

当地有民谚："六月六，鸭子煮鲜粥。""禾刀上了墙，谷子装满仓，犁耙放下厅，大家迟（意为'杀'）鸭忙。"每年的农历六月初四、初五，美溪全村农户再忙也要放下农活，家家宰杀鸭子，制作黄粄（黄米粿），供奉祭天，以农家最朴素的形式，庆祝夏收季节的到来。传说，此俗是为纪念替民间消灾除难的"黄倖三仙"。"三仙"指黄七郎和他的儿子黄十三郎以及女婿倖。黄七郎之父名忠肃，妻张氏，宋代人，原居湖北，为避战乱入闽，路过紫金山时，见景胜田丰，便定居于此。黄忠肃中年得一子，甚聪慧，传说为太上老君转世，故人称"仙师"。仙师娶妻董氏，生子名继先，号十三郎。另一青年倖成，号八郎，拜仙师为师，入赘为婿，故民间有"仙师公爹倖八郎，冇女有婿郎"之说。

"黄倖三仙"法力高深，精通医术，为百姓消灾赐福的传说不胜枚举。

清初某年，民间到处流行天花之疾，田地荒芜，庄稼歉收。美溪村民幸得"三仙"庇佑，托梦给村中一长者，告诉他可用一种草药驱除病疫。次日，长者

"黄倖三仙"的神像

遍告全村,于是村民们纷纷采来草药煎服、沐浴,方才逃过此劫,安享太平。邻近村庄得知消息,也沾光受益。

古汀州一带,是蛮荒之地,老虎三天两头跑出山来祸害村民。黄氏三父子婿为除虎患,于钟寮场一石峡处英勇献身。后每逢风雨,石中隐隐有金石声。据《汀州府志》载:"黄倖三仙师,上杭人,钟寮场未立,县前有妖怪、虎狼为害,黄七翁与其子及婿倖姓者三人,有异术,治之,群妖遂息。因隐身入石。"

当地村民为缅怀"黄倖三仙"的功德,也为喜迎丰收季节的到来,遂定于每年的农历六月初四、初五,举办"六月六"民俗活动。人们给三仙建了庙宇,塑了金身,用打鱼的鸬鹚做供奉祭品。后来鸬鹚少了,就改用番鸭当祭品。为何独选鸭子?据村民说,这跟村里的水有关。汀江、涂坊河潺潺流淌,鸭子们每日在河里游水嬉戏,体质健壮,肉质可口。

"六月六"这个节日,在当地的隆重程度丝毫不亚于春节。每年这个时候,

百鸭祭天迎丰收

百鸭宴

外出经商打工的村民，即便工作再忙，生意再好，路途再远，一般都会放下手头之事，返乡参加盛会。美溪村有两株古樟，遮阴面积达 1000 多平方米。"六月六"传统民俗节，每年都在古樟下的大坪举行。人们搭起高高的戏台，请来戏班唱大戏。数十米长的供桌上，摆着数百只熟番鸭，还有用刚收割的稻米做成的黄粄，供奉"黄倅三仙"。这就是美溪村最负盛名的百鸭宴，场面堪称壮观。早晨七八时许，人们开始络绎不绝朝这里涌来。九点左右，数声铳响，仪式开始，鼓乐喧天，鞭炮齐鸣。村民抬出神明巡游，道士吹响锡角，焚香祈愿风调雨顺。随后，汉剧社戏、舞龙船歌、黄梅戏、腰鼓舞、船灯及客家舞蹈等节目轮番登场，热闹无比。全村男女老少兴高采烈，沉浸在一片欢乐祥和的节日气氛中。祭拜完后，家家迎得客人归，品尝鲜嫩的鸭子、香甜的黄米粄，喝大碗的农家酒，猜拳行令，觥筹交错，直至红日西沉。

2017年开始，"六月六"民俗节还增加了黄粄有奖赛、车王争霸、抓鱼达人、吹鼓手比赛和拔河比赛等一系列活动，吸引了四乡八邻、各地游客和摄影爱好者前来观光。

汉剧社戏表演

记忆中秋
JI YI ZHONG QIU

一、望月

一轮浑圆的月亮缓慢有力地升起，银白色的月光倾泻大地。举头望月，不禁又想起儿时过中秋节的情景。

中秋节，我们长汀人又叫"八月节"或"八月半"，因中秋节有吃月饼的习俗，故又称"饼节"。每逢中秋，吃过晚饭，我们全家便早早来到屋前的大坪，对着月亮升起的地方，摆起香案，斟香茶，燃香烛，设各色供果。那时候，长汀本地生产一种白色的月饼，叫"月华饼"，是这天的供品之一。它是用糯米、白糖制成的，味甜香清，松软适度。饼面上压制有"三星高照""五子登科""八仙庆寿""麻姑献酒""福禄寿禧""富贵牡丹""双龙抢月""鲤鱼跳龙门"等精美图案，造型别致，美味可口。大约八点多，父母便领着我们上香拜月。这种习俗，我们长汀叫"守月华"，在其他一些客家地区则叫"敬月光"。传说，守"月华"是在等天门开。守到天门

月华饼

大开，月亮大放异彩，月光菩萨降临，看见者求福得福，求财得财。因此，有些虔诚之人守"月华"至三更半夜。若有兴致，当晚还可照月华。老人们说，把玻璃镜放到盛满水的脸盆里，反射天上的月亮，便可以看到天上的神仙。小时候，我和哥哥姐姐年年都照，遗憾的是，从未见到神仙。有一次，性急的我见神仙老不出来，就把一双小手伸进脸盆乱搅，溅得满身都是水。哥哥冲我做了个鬼脸，笑话我："神仙没见到，见到一只落汤鸡！"气得我追着要打他，逗得大家哈哈大笑。

上香拜月

拜过月后，一家老小在外面赏月、吃东西。大人们喜欢"讲古"，讲吴刚砍桂花树，讲嫦娥奔月的传说，描绘月宫的琼楼玉宇、美轮美奂，听得我们无比神往。赏月是大人们的事，小孩儿一般不肯规规矩矩地坐着赏月，而是在月光下玩"捉迷藏"或"冻打冻"（一种游戏）。中秋节吃东西是有讲究的，一般应先吃祭过月神的祭品。据说，分吃祭过神的果品，能沾些神的福气，或是得到神的护佑，大吉大利。相传，元末朱元璋起义，在月饼内夹纸条传递统一号令，在中秋之夜举事。当时，客家先祖参与反元起义者甚众。此传说为客家的中秋节吃月饼赋予了特殊意义。虽然时代在不断发展，但客家人始终不改中原遗风，传统饮食文化在继承中得以发扬。

时光如水，一转眼，我与兄姐们均已长大，各自成家，父母也日渐衰老。每年中秋节，我们都尽量设法相聚，虽少了儿时的那种味道，然"父母在，兄弟全"，同在一轮明月下，便是莫大的幸福。但愿月常圆，但愿人长安！

二、蒸芋糕

芋糕，顾名思义，是一种用芋子做成的糕点。在我的记忆里，每逢中秋佳节，我们村家家户户都要做芋糕，它可说是我们家乡的一道特色糕点。

在我们老家，中秋节并不是八月十五，而是八月十四。至于为什么要提前一天过节，这是有原因的。传说很久以前，我们的祖先从中原地带逃难迁徙来

芋子糕

到福建，几经辗转，最后终于在长汀安家落户。可由于是外来人口，势单力薄，难免受到当地人的欺凌，每到过节的那天，当地的流氓地痞便来强行要走一些食物。为了不让那些人得逞，我们的祖先便提前一天过节，把食物吃掉。另有一说，是早先当地山上有一股土匪，专门在逢年过节的时候来抢掠财物、食物。为了减少损失，祖先们便约定提前一天过节。小时候，听着老人们讲述这些传说，想象着祖先们与流氓地痞或是土匪斗智斗勇的情景，总是很神往。现如今，再回想起这些传说，心中便多了诸多感慨。我们客家祖先在迁徙过程中饱受颠沛流离之苦，筚路蓝缕。即便在此安了家、落了户，也被称作是客家人，尝尽寄人篱下的心酸与难过。不过，我们的祖先不管风欺雪压，不管历经多少磨难，始终百折不挠。凭着与生俱来的勤劳、勇敢、善良与智慧，顽强地生存，艰难地融合，终于在这里扎下根来，世代繁衍，生生不息。

每年的中秋节那天，母亲一大早便起床，提前把蒸芋糕用的粳米放到一个木桶里浸泡。待到两三个小时后，把泡软的粳米用石磨磨成米浆。然后，带着我从地窖中挑拣出芋子，把芋子的皮用刀刮掉，洗净，再用锉具挫成丝，剁细，放入米浆中搅拌均匀。接着，在事先备好的一个大大的蒸笼底部铺上一层白布，再把米浆一勺勺舀入大蒸笼中，旺火蒸二十余分钟即可。

刚蒸好的芋糕，带着芋子特有的清香。可切成片蘸着用葱、姜、花生油、酱油熬制成的调料吃，也可炒着吃，爽滑可口，唇齿留香。其实，即便蒸好后不再做任何加工，也是极美味的。

芋糕，历经刮削、浸泡、石磨、刀挫、水煮、火蒸，最后终于涅槃成形，令人赞叹、回味！这，不正是咱们客家人的写照么？

三、包芋饺

记忆中，每年中秋节前后，母亲就很喜欢包芋饺。

在我们客家，向有"无山不客客住山""番薯芋子半年粮"之说。传说，客家祖先来自中原，客居他乡，难免思念故土。中原人爱吃饺子，可是长汀不宜种植小麦，面粉便成了稀罕之物。中秋佳节，祖先们想吃故乡的饺子，却苦于没有面粉。不过这没有难倒我们心灵手巧的祖先，他们不断尝试用其他食材代替面粉，终于发现用芋子和地瓜粉可以做成饺子皮，里面裹上馅儿，照样可以包出一个个玲珑可爱的"饺子"，且带着芋子特有的清香，较之面粉饺，别有一番风味。

客家有句谚语："八月一日，芋子生日。"农历八月，是芋子成熟的季节。童年时，每年中秋节一大早，我便挎只竹篮，光着脚丫，颠儿颠儿地跟在母亲的身后，来到田间地头。母亲用锄头将芋子周围的泥土挖开，然后抓住芋茎下部用力一拔，拔出一个大芋头，周围还连带着一些小芋子。母亲用力将芋叶和芋茎一块儿拗去，便去挖下一棵了。我欢快地捡起母亲扔下的芋头和芋子，把它们表面的根须尽量除去，然后乐滋滋地一个一个捡进竹篮里。没多久，竹篮装不下了，母亲便带着我满载而归。

去皮的芋子

我们来到家门口的水圳边，把芋子外皮上的泥土洗净。回到家，母亲便点起灶火，把带毛皮的芋子放入锅中水煮。然后，母亲将猪肉和提前泡开的干香菇分别剁碎，香葱洗净切成葱花。接着将葱花、香菇和猪肉混合在一起，用香喷喷的猪油炒至半熟，加盐调味，作为饺子馅放凉待用。这时，芋子已经差不多煮熟了。母亲将芋子从锅里捞出，趁热剥去皮，放入一个大盆里，用擀面杖捣成泥，再加入适量的地瓜粉，像和面一样把芋泥和地瓜粉不断揉搓，和匀。在这过程中，母亲会加入少量木薯粉，说是

063

这样做出来的饺子皮更有韧性。

饺子皮不需要用擀面杖擀，直接用手捏就行。我学着母亲的样儿，从大团的芋泥上揪下一小团，用双手的掌心搓成一个乒乓球大小的圆球，接着沿着球形的边沿由外到里一圈圈地捏，边捏边转动芋泥球，直到捏成一张扁扁的饺子皮。即便捏得不够薄也不要紧，因为我觉得皮比馅还好吃。然后，像包普通的饺子一样，把馅料放入饺子皮中间，捏合成形即可。母亲的手虽然粗糙，却很是灵巧，能把芋饺捏出好几种形状，有月牙形，有三角形，还有莲花形……

包芋饺

芋饺包好后，可以煮着吃，刚煮好的芋饺表面几近透明，吃起来润滑可口，馅香味美；可以炸着吃，表皮金黄，内呈玉色，外酥里嫩，香气扑鼻；还可以蒸着吃、拌着吃。后两种吃法需加调料，视个人口味而定。我喜欢加点儿酱油，滴几滴麻油，再撒点儿细碎、碧绿的葱花作点缀。如此，便色香味俱全了。

芋饺是我们客家人钟爱的小吃，不管走得多远，它都是客家游子舌尖上的乡愁。据说，清代有个叫官逊锋的客家人，在甘肃兰州做官，常对兰州人夸赞家乡的芋子饺如何令人回味，兰州人不信，认为芋子这样的粗粮能做出什么美味。有一回，官逊锋返乡省亲时，特意邀请了几位当地乡绅来家乡游玩，并用芋饺招待远客。那几位兰州乡绅大快朵颐后赞叹不已，他们回到兰州便大力宣传。一传十，十传百，从此，客家的芋饺便声名远扬了。

蒸好的芋饺

开 荤

KAI HUN

给新生儿开荤,是客家传统民俗之一,丰简由人,不拘一格。

俗话说,一味定终身。以前,对于新生儿开荤的食物,以及开荤的时间,很多人家都非常注重。

十几年前,我儿开荤的时间,选在百日那天。那时的开荤仪式还比较讲究,公公婆婆邀请了不少至亲前来聚会用餐。那年,大伯公刚满六十,是个退休干部,能说会道。最重要的,是他身康体健、儿女齐全且有出息,按老话说,是个有福之人。于是,为我儿开荤的"重任"便落到了他的肩上。

开荤那天,公公婆婆早早备好一双筷子、一小壶米酒、一个小酒杯,还备下了"三牲"——一块猪肉、一只公鸡、一尾鲤鱼。婆婆让我将这几样食物同置于木制红漆托盘中,送至宴席的首位,将开荤用品摆放好,等待大伯公为我儿举行开荤仪式。

过了一会儿,大伯公来到主席,双手从公公手中接过孩子,高声喊道:"一手过一手,活到九十九。"接着问孩子的名字,公公答后,大伯公喊了声孩子的名字,又面向厅口高喊:"好名字嘞,呼之大吉!"而后回到开荤用品前的位置,边坐边说:"根基稳固,稳如泰山!"接下来每喂孩子一种食物,就说一句好话,如:"食米酒,天长地久""食猪肉,诸事顺意""食公鸡,后来居上""食鲤鱼,鱼跃龙门……"说是喂,其实是用筷子点一下"三牲"和酒,象征性地碰一下孩子的嘴唇。待盘中所有食物沾个遍后,放下筷子,掏出一个红包放在孩子身上,说道:"腰缠万贯,财宝归身。"说完站起,双手将孩子交还我公公,说:"衣锦还乡,光宗耀祖。"

开荤仪式结束了,其余亲友纷纷前来道贺。之后,宴席才开始,宾主尽欢。

如今，长汀人的开荤习俗已简化不少。开荤的日子有定百日之时的，也有定半岁左右的，开荤食物也各不相同，蒸鸡汤或猪利（猪舌）、蒸蛏干、莲子汤、肉糜汤、鱼汤、面汤等均可。鸡汤或猪利均寓意"大吉大利"，莲子寓意"好事连连"，鱼寓意"鱼跃龙门"，面寓意"春风满面，长命百岁"……再放点儿葱花，寓意"聪明伶俐，万事亨通"，或是放点儿蒜，寓意"能写会算，财源不断"……食物准备好后，用筷子或汤匙沾一点，让宝宝舔一舔，或象征性地给宝宝喂食一些，同时说些吉利话，祝福宝宝能吃会长、身体康健……这些说法各地大致相仿，无非是图个喜庆，讨个吉利罢了。

不过，为新生儿开荤切忌用鸭嫲汤。因为鸭嫲老爱叫唤，按老人的说法，用鸭嫲开荤的宝宝，长大后会特别多嘴，惹人嫌。现在若有人不分场合、不分时候，总是夸夸其谈，多嘴多舌，旁人就会戏谑：你是鸭嫲开荤的吧？

开荤宴

汀州"八喜"
TINGZHOU BAXI

"添丁欣洗三朝，拜节渐成人，转眼洞房花烛夜；介寿还祈五福，乔迁新立灶，晋身金榜题名时。"冯国喜先生这副对联所写的，是汀州"八喜"。长汀客家人认为，人生有"八喜"——添丁、成人、金榜题名、婚庆、立灶、乔迁、寿诞、丰收。这"八喜"，分别有不同的习俗。

一、添丁

客家人称男婴诞生为"添丁"。在长汀人看来，添丁是关系到家族兴旺的大喜事，有一系列的习俗。

记得刚怀孕的时候，家人都异常欢喜，时不时就回老家弄些家禽、山货回来，说是给我补充营养。婆婆早早就开始准备婴儿用品。还买了许多生姜，洗净后晒成姜干，接着用油炸，再碾成姜末备用。临产前一段时间又买了许多猪大膏，熬了一大盆猪油。她说，坐月子时煮糖姜蛋、炒饭用得上。

长汀方言中，"三"与"生"谐音。我怀孕第十个月的初三那天，母亲便和大姐、二姐、堂嫂她们，带着鸡蛋、

红蛋

粉干、细面等礼物前来"催生"。初三过后,仍未生产。于是,十三那天,原班"人马"又来"催"了一次。还好,过了几天我儿呱呱坠地了,要不然,二十三还得继续"催"。总之,要一直催到生下孩子为止。

我儿出生的第三天,婆婆给孩子"洗三朝",一边洗一边念叨:"洗浴洗滂滂,傍水大傍水长,大哩做个状元郎……"听得我忍俊不禁。出生第十天,孩子他爸带着肉圆、糖姜鸡、蛋、米酒等礼物到老丈人家报喜,这叫"报婆嫽(外婆)"。我父母也回赠了一只大公鸡,还有一篮子红壳鸡蛋。

洗三朝

一个月后,要给孩子剃头。这是孩子自出娘胎第一次剃头,所以又称"剃满月头""剃胎毛"。剃头师傅很小心,用老式理发剪慢慢理。我儿安安静静,一对眼睛却睁得滴溜圆,可爱得让人的心都要融化了!

我们长汀客家人"做满月"相当隆重。在我的老家河田镇,谁家新添了男丁,要给全村人分发米粿,告知喜讯,俗称"出新丁"。我儿"做满月"前,母亲给她的宝贝外孙送来从头到脚的全套用品,有帽子、衣服(和尚服、肚兜等)、鞋袜和红色小绒被。还有一些银饰:一对银镯、一把长命锁或一只银项圈。银镯上各缀了两串小小的银珠,戴起来叮当作响,母亲说这是寓意孩子聪明伶俐,人生圆满。长命锁和银项圈则寓意长命百岁,一生安康。

办满月宴的日子不一定是孩子刚好满月之时,一般要请算命先生根据孩子的生辰八字挑选吉日,亲友则携礼来贺。为给孩子办满月宴,公公婆婆提前一天就开始准备,请来村里有名的厨师,唤上邻居亲朋,借够桌凳碗筷,杀猪宰鸡、买菜切菜、炸肉蒸鱼……屋里屋外欢声笑语,锅碗瓢盆叮叮当当,汇成奇特而欢快的交响曲。这些忙碌的人,都是义务帮忙的,不要分文报酬。客家人

抓周

的淳朴和团结，在这些时候总能体现得淋漓尽致。

满月宴前，孩子穿上外婆送的红肚兜，挂上长命锁，压上红包，意为"驱邪"。婆婆一边帮她的宝贝孙子穿戴，一边说着吉利话。孩子穿戴整齐，抱到大厅。一众外家亲人起身，掏出见面礼放在孩子身上，纷纷祝愿孩子健康成长、吉祥如意。

接着开始上酒菜，第一壶酒是用红糖、姜末、枸杞、黑豆等制成的"糖姜酒"，之后是普通的米酒。头三道菜一般是糖姜蛋、寿面、豆腐丸，吃过这几道菜后，便抬出早已备好的带壳水煮蛋。这些蛋煮熟后用红纸或红色植物染料染红，再用红塑料袋装好，宾客不论男女老少，均发一袋。本来每袋装3个红蛋即可，公公婆婆因喜得孙儿，心情欢畅，于是每袋装了6个。待宴席进行到一半左右，我们得到各桌敬酒，感谢亲朋的到来。宴席快结束时，还要燃放鞭炮谢客。

印象深刻的还有一件事，孩子出生一年后，要"抓周"，就是在一个大盘篮中放入书、笔、算盘、小木刀、剑、尺、槌等物品，再把孩子放入盘篮中，看孩子抓什么，以预测孩子将来会从事哪种职业。我儿起先碰了碰笔，他爸喜笑颜开:"好小子,会写文章!"没想到,我儿并未抓起笔,又把小手伸向木剑。他爸可紧张了,忙逗他:"宝贝,看这里,看这里。"我儿左看右看,终于转身抓起了算盘,他爸这才松了一口气。公公也乐了:"好好好,我孙子会算数!"然后,婆婆抓了一条事先买好的红鲤鱼,将鱼嘴在我儿嘴唇上碰了碰,一边念叨着:"亲嘴亲嘴,长命百岁。"许是鱼腥味让我儿感觉不舒服,他把嘴一撇,一副要哭的表情,我们都忍不住笑了起来。

另外,还要"做周岁"(俗称"周晬"或"过晬"),也就是办酒席宴请亲友,叫"周晬酒、过晬酒"。在孩子出生后的第一个元宵节,娘家送来一盏花灯表示祝贺。公公把花灯悬挂在上厅的副梁上,乐呵呵地说:"添灯添丁,人丁兴旺。"正月期间,公公带着他儿子和孙子到祠堂"报丁",告诉列祖列宗,家里添男丁了;还准备了大量"添丁米粿",分送给族人,让大家分享添丁的喜悦。

过去,只有男孩出生才有这些习俗。随着现代人观念的更新,无论生男生女都一样庆贺。大家的共同心愿就是新生儿健康平安、快乐成长,是表达对生命传承的期盼,更是对一个新生命的到来,表达最大的祝福和喜悦。

二、成人

汉族的成人礼仪由来已久,大约始于西周。男孩的叫"冠礼",女孩的叫"笄礼"。

冠、笄之礼是华夏礼仪的起点。《礼记》云:"夫礼,始于冠""男子二十,冠而字"。冠礼为何非行不可?《礼记》解释:"凡人之所以为人者,礼义也。礼义之始在于正容体、齐颜色、顺辞令……故冠而后服备,服备而后容体正、颜色齐、辞令顺……已冠而字之,成人之道也。"如此说来,不懂礼义者不为人,不行冠礼则一生难以"成人"。为步入成年的青年男女举行冠、笄之礼,是要提醒他们:从此,不再是无知的"孺子",不能再躲在父母的羽翼之下,而应勇敢承担起家庭和社会赋予的责任,履践美好的德行。

客家男子16岁行冠礼,女子则15岁(长汀女子还要提早一年,即14岁)行笄礼。行礼日期一般选在成人者生日或对其有特殊意义的日子。日期既定,则发帖邀请亲友参加。举行冠礼和笄礼之后,他们就要以"父母之命,媒妁之言"张罗婚事了。

冠笄之礼

现在，国家法律规定，不论男女，年满十八周岁即为成年。十八岁，意味着生活的目标应该更明确；成人礼，承载着增强"长成意识"的使命。去年，我儿就读长汀一中高三。尽管高考前夕学习异常紧张，学校仍为他们举行了庄严的成人礼。全体高三学生在师长们的带领下，集体面对国旗，齐声宣读成人誓词，接受成人礼。长汀一中校长说，活动旨在唤醒学生的道德感和责任心，勉励他们以独立人格承担家庭、社会、祖国赋予的使命，为梦想拼搏，为明天奋斗！学生代表的发言也很精彩：十八而志，青春无悔。我们一定牢记父母师长的嘱托，自强、自立、自信，用澎湃激情和实际行动，厚重生命底色，丰富青春色彩，为人生筑基。以梦为马，不负韶华！

我送给儿子的成人礼物是一封信。在信中，我首先祝贺他成年，接着回顾了十八年来的相依相伴。最后，我告诉他：要做一个会学习的人，因为学习是实现人生目标的必经之路，知识才能改变命运，不会学习的人终将被社会淘汰；要做一个善合作的人，因为个人的力量绝对无法与团队匹敌。唯有认清自己的不足，寻求与他人的协作，才能成就大事业；要做一个有担当的人，因为人生在世，总要承担一些责任。心中有阳光，肩上有担当，脚下有力量，方为男子汉；要做一个懂感恩的人，因为这个世界上，除了父母，没人有义务非得对你好。如果有谁对你好，一定要心存感激；要做个谦和大度的人。因为有眼界才有境界，有器量才有格局。与人相处，一定要谦和有礼，包容并蓄；要做个坚强勇敢的人，因为阳光总在风雨后，不论遇到怎样的困难和挫折，都要坚强面对。成长的路上洒下滴滴汗水，才能品尝到成功的喜悦……儿子郑重其事地说，妈妈，我会把这份礼物珍藏一辈子！

成人礼是一种唤醒、一种激励、一份心灵震撼、一次心灵洗礼。成人仪式是短暂的，但成长的道路却很长。愿年轻人在今后的人生道路上能不忘初心，铭记当日的誓言，对自己负责，对父母负责，对社会负责，对国家负责，成为一个真正的、大写的"人"！

三、金榜题名

"金榜题名"乃读书人之大喜。

古人云，"万般皆下品，唯有读书高。""学而优则仕。"客家人崇尚教育，以"耕读传家"作为家风家训代代传承。长汀则有句俗语，"生子唔读书，不如养只猪"。大字不识者通常被讥为"瞎目鸡"，被人看不起。因此，长汀人无论家里再穷，也要供子孙念书。读书郎往往"头悬梁，锥刺股"，为的就是"一朝成名天下知"，改换门庭、光宗耀祖。

金榜题名

在汀城主街兆征路，有座汀州试院，乃旧时汀州府所属八县考秀才的场所。相传，乾隆年间，时任福建提督学政的纪晓岚来到汀州府任主考官，住在试院的厢房里。当晚，纪晓岚来到两棵唐代古柏下散步，仰望月空，忽见柏树上两个红衣人在向

汀州试院内的唐代双柏

他作揖。少顷,红衣人消失不见,纪晓岚甚感诧异。次日清晨,方才想起刚到汀州府时,当地官员曾说过,这两棵古柏上有树神。于是,纪晓岚来到双柏前,恭敬礼拜,并提笔写下一联:"参天黛色常如此,点首朱衣或是君。"此事被纪晓岚记录于《阅微草堂笔记》。所谓"点首朱衣"者,出自宋赵令的《侯鲭录》。传说,欧阳修为主考时,有朱衣神人助其评鉴士子文章,阅至佳作,朱衣神人便频频点头。纪晓岚借此典故,意谓这两棵古柏,应是帮助他发现人才的神树。

当年,为考取功名,汀州学子秉烛达旦,刻苦攻读。终于有一天,他们怀揣梦想,走进汀州试院这座神圣的殿堂。考场是决定读书人命运之所,从童试、乡试到会试、殿试,能每试皆过者实属凤毛麟角。一旦高中,喜传捷报,红榜高挂,衣锦还乡,从此门庭显贵,宗族有光,步入仕途,前程无量,正是:"一举首登龙虎榜,十年身到凤凰池"。高中进士的,要在祖祠前竖一对石笔桅杆以示荣耀,官府也会颁送"文魁"匾额,挂于厅堂以表嘉褒。

我们村的第一个大学生是我小学同学富婷的大哥,学名范北昌,小名"叫化佬"。他打小就非常聪明,学习也异常刻苦。据说,常常念书到三更半夜,天刚蒙蒙亮又开始读书。后来,他果然高考得中,考上了一所名牌大学,成为他们全家乃至全族人的骄傲。旁人讲起来，言语间总是充满了敬佩。那时，富婷可自豪了，一张口必提："我大哥……"闭口前必说："我家叫化佬……"我们都羡慕得要命，恨不得也认她大哥为大哥！后来，"叫化佬"大学毕业留在省城工作。再后来，全家都搬走了。他们家的经历真真确确地告诉我们：读书可以改变个人乃至家族的命运！

老时节，女孩子是没有机会入学堂的，还美其名曰"女子无才便是德"。即便是有钱人家的小姐，也只能请先生到家里教授。20世纪七八十年代，农村女孩仍受歧视，或是从未进过校门，或是早早辍学回家干农活、嫁人。所幸，我父亲甚是开明，坚持让我们姐妹念书。不管家里多困难，从未说过半句不让我们上学的话。他常说，只要你们肯用功，我就供你们一直读下去。我很珍惜读书的机会，刻苦学习，考上了长汀县第一中学。虽算不上是"金榜题名"，对于家族来说，也属难得。全家都由衷地替我高兴，左邻右舍也夸赞不已："这妹子会读书！""了不得，这可是全县最好的中学，搁以前就是女秀才嘞"……

记得父亲送我去一中报到那天，牵着我的手，从汀州试院大门进去，穿过礼堂，进入一中的后门。父亲语重心长地对我说："我小时候家里穷，没条件读书，吃了没文化的亏。你一定要好好读书，爸爸会一直供你读下去的。"我使劲点头。后来，我又考上了师范学校。按村里人的说法，算是跳出了"农门"。感谢父亲，让我通过求学更好地把握了人生！

勤劳朴实的客家人，不管生活安定还是流离，不管家境贫寒还是殷实，始终牢记一条：只要子女好好读书，就要想方设法供他们一直读下去。正是这种崇尚教育的朴素思想，让客家的文脉得以代代传承，延续千年。

四、婚庆

"洞房花烛夜，金榜题名时。"许是因了这句古语，长汀人常将婚庆之喜与金榜题名之喜并提。

客家人沿袭了中原传统文化，汀州客家婚嫁风俗，基本保留了古代婚俗的遗风，即"纳采"（提亲）、"问名"（问生辰八字）、"纳吉"（双方占卜合婚）、"纳微"（男方将聘礼送往女家，又叫"扎定"）、"请期"（男方将选定的结婚日期通知女家）、"迎亲"（迎娶新娘）等六个礼仪形式，谓之"六礼"。现在，长汀客家婚嫁的六礼为"提亲""问名""送定""报日子""送嫁妆"

"接亲"。

  我第一次看婆亲，是20世纪80年代初姑姑出嫁。那时的我，还不太懂事。家中人来人往，很是热闹。这热闹，一直持续了几天。许多事情，我已经记不清了。印象最深的是有一天，一队人抬着顶大红花轿，一路吹吹打打从村道走来。我们几个小孩兴高采烈地在离家不远的桥头张望。姑姑起先和我们一起，很快就不见了，应是躲回了自己的房间。花轿停在我家门口，引起我们极大的好奇，摸摸轿杆，碰碰流苏，掀掀轿帘，甚至趁人不注意，偷偷钻进轿子去试坐一坐，兴奋得不得了。婶婶见了，斥我们调皮，还说："等以后自己出嫁时再坐。"羞得我们撒腿就跑。当晚，姑姑便被轿子接走了。吉时是在后半夜，我没看见当时的情形，只隐约听见姑姑的哭声。还有件事，就是姑姑和姑丈第三天回娘家时，家中设宴款待。姑丈起初豪气干云，扬言要"打倒"全村人，结果被灌得酩酊大醉，倒在灶前的芦箕草上呼呼大睡。多年后，这事仍被大家当笑话讲。

拜堂成亲

第二、三次接触婚俗，分别是80年代中期和末期，两个姐姐依次出嫁。大姐、二姐都是自由恋爱，与男方老早便认识。恋爱几年后，进入谈婚论嫁阶段。男方家来了几个人，向我家提亲。听母亲说，这叫"纳采"。两个姐夫家都在邻村，他们的父亲与我父亲也是多年的朋友，了解彼此的情况，自然没有反对之理。按长汀的规矩，接下来便是约定时间到男家"探人家"。若探人家满意，双方家长都认为相互般配，女方家长提出条件，直至双方达成一致意见，由双方亲房参与见证，男方即将部分聘礼送达女家，此谓"扎定"。此后，男方每逢春节、五月节、八月节，均要带礼物到女方家送节。我父母是通情达理之人，并不曾提什么过分要求。这些旧俗程序，只是象征性例行，目的是使女儿的婚姻博得"明媒正娶"的声名。

结婚前，男女双方须到镇（乡）政府办理结婚证。从法律上说，已经是合法夫妻了。然而，从传统风俗来说，却还不算正式结婚。领取结婚证书后，男方将择定的迎亲时间告知女方家庭。新娘出嫁当天（城区则提前一天），女方委派"蓆郎公"将陪嫁衣物、箱笼等日常用品送达男家。那年代，嫁妆多有电视机、自行车、金戒指、金项链之类，家庭经济状况好的，还有洗衣机、影碟机、摩托车等。嫁妆送达后，男家会给每个"蓆郎公"红包，俗称"蓆郎钱"。

男方接亲（女方送亲）安排在晚间，以避"四眼"（孕妇），也与古代抢婚习俗有关。迎亲队伍以六人之数，取"六合"之意。男方须备"花灯"（马灯）两盏，红伞一把，以及香烛、喜炮、红包等，路远的还备好迎亲汽车。新娘出门前，要沐浴换上全套红衣，装扮一番。接亲队伍来到女家，待鸣放三次长时间的喜炮后方得进门。据说，三洲、濯田、馆前、涂坊河甫等少数乡村的女家则早早敞开大门迎接。进入女家后，男家给开门、接伞、上茶、上烟的人分发红包，以表谢意。女家设宴款待迎亲之人，等候吉时才让新娘出门。

新娘出嫁前要用棉线拔去脸上的汗毛及部分眉毛，叫"开脸"。新娘出得闺房，拜别祖宗，但不能面辞父母。客家自古有新娘哭嫁习俗，出娘家门时哭得越大声对娘家越吉。一是因为水代表财，娘家人当然不希望女儿将娘家的财运带走，"流泪水"代表"留财运"；二是出嫁女儿哭得越厉害，说明她对娘家越不舍，越感激父母的养育之恩。新娘在娘家出门时，须脚不沾地，并由新郎从闺房背出大门送上花轿。出阁时，新娘坐在轿上，鼓手班子吹吹打打开路，"舅爷"紧随其后一同前往。娘家人送嫁也取"六合"，以六人成行。

新娘入门前，要在门外小坐片刻，等候吉时入门。男家在门槛上宰鸡血祭，

入洞房

俗称"割拦门鸡"。按迷信的说法，是因为新娘的煞气重，一定要"见红"，方可预防将煞气带入家中。入门时要跨火盆、过米筛。跨火盆，寓意红红火火。过米筛，乃因米筛有无数小孔，可让邪气漏走；还有一层寓意，说明新娘乃新郎千挑万拣筛选出来的优秀女孩。

"姻缘一线牵，鼓乐响堂前。"到了吉时，新娘来到正厅，与新郎牵上红绳，入堂拜天地、拜祖宗、夫妻对拜。拜堂结束后，再由新人伯娓引新娘进入洞房。这个"伯娓"一般是从亲族中挑选出来的公婆子女齐全、丈夫或儿子有官职的有福之人，好让新人也沾染她的福气。新人进入洞房，要喝交杯酒，还要坐在床沿，同吃一碗"面碗鸡"，从此以夫妻相称。吃鸡时，最好是新郎、新娘各一半，伯娓就在一旁说些吉利话。比如，吃鸡冠时，就说"新郎新娘吃鸡冠，生下儿子当大官"；吃鸡脖时，就说："新郎新娘捞头捞颈（形容感情好）"；吃鸡心时，就说"新郎新娘永结同心"……新娘的陪嫁物中必须有一只红漆马子桶，桶里放三个红蛋。结婚后的第一个早上，会让男童捡出红蛋，然后往桶里撒尿，意谓头胎生男孩。

中午或晚上，男家杀猪宰羊办喜酒，"筵开吉席醉琼觞"，一众亲朋好友开怀畅饮。当晚，参加婚礼的亲友可进洞房凑热闹，要求新郎新娘表演吃糖、咬苹果、亲吻等节目，或介绍恋爱经过，俗称"闹洞房"，直至兴尽方散。

汀州"八喜"风情

婚礼后第三天，女家来人接请新郎新娘"回门"，也称"过三朝""回娘家"。新婚夫妇正午前须回到女方父母家，参拜女方父母。这时新郎拜见岳父岳母，改口叫爸妈，整个婚礼才正式完成。据说，涂坊一带只接新娘一人，这倒是与众不同了。满月后，男家还举办"满月酒"，宴请双方近亲。至此，新郎新娘算度完蜜月。

我出嫁的时候，是20世纪90年代中期，那时已经不流行乘花轿了。父母说，已经嫁了两个女儿了，这次就一切从简吧。我向来不喜烦琐礼节，男方家更是乐得省事，所以一拍即合。因路途遥远，结婚那天，男方借了辆车开来。按规矩，新娘出门时，父母是不能见的。当我走出家门，跨上迎亲车的那刻，回头一看，发现父亲站在他自己房间的窗前，目送着我，眼里依稀闪烁着泪光。我突然发现，父亲花白的头发比前几年稀疏得多，原先挺直的脊背也开始弯了，我不禁泪流满面……上了车，一路颠簸，来到夫君的老家。入得门来，行礼如仪。老家的人大多淳朴，听闻我是个读书人，并没为难我，也没来"闹洞房"。送亲的是我的亲哥和两个堂哥，他们一直陪我待到第三天，然后一起回娘家"过三朝"。因夫君在县城工作，而我还在镇里的中心小学教书，所以，我们又分别在镇里和县城的酒家宴请各自的好友、同事。那段时间，完全处于忙乱状态。用一个字来形容，那就是：累！

现在的年轻人结婚，大多选择西式婚礼。"白婚纱，如飘烟。红颜新妆比花艳。"一对新人在婚礼上宣誓、下跪求婚，让所有亲友共同见证神圣而美妙的时刻。有些新潮的年轻人则干脆选择旅行结婚，免去许多烦琐仪式，既节约又富有浪漫情趣。

五、立灶

立灶，客家人俗称"作灶头"，即砌筑做饭用的炉灶。

20世纪四五十年代，长汀农村家家都砌有大锅灶。有句俗谚："头井二灶三门户。"可见灶在长汀人心中的分量之重。只要盖新房，必定要作灶。若家中遇上很不顺心的事，不少人便会想到重建灶台，祈望新灶给家庭带来好运。在长汀，骂人家"锅毛倒灶"是一种很毒的话，意思是这户人家锅生毛了，灶台倒了，人绝种了。

长汀人认为，灶台关系一个家庭的兴衰，因此，对作灶头很是看重，丝毫不能马虎。首先得请人择个好日子才能动工，起灶脚的时间要与女主人的生辰八字相合。若家中有人怀孕，则不宜作灶。然后，请风水先生勘定灶口的朝向。长汀人相信灶口朝向与家庭财运相关，所以很是讲究，得参照房屋附近的河水流向，有"送水门楼顺水灶"之说。还有，灶门不能向北，否则会装"西北风"。砌灶时，第一块砖要放在不挨墙的外端灶台角处，然后将长方形的灶台底分成两个"灶眼"，再在两个灶眼处把砖砌成"丁""口"字形，预示添丁。接着砌灶门、灶膛和烟囱，灶门须用八块方砖砌成，"八"寓"发"……点点滴滴，都有说道，若非内行，还真是搞不清楚。

新灶的第一把火由作灶师傅用杉树枝叶点起。长汀人把杉树枝叶叫作"灿毛藜"，"灿"为萌发、分枝之意，意为多子多孙，家族兴旺。火点着后，师傅会说一声"灿毛藜藜，灿子灿孙"。这时，主人按规矩要给师傅一个红包，祝他"手头红红哩"。双方皆大欢喜。

俗话说："树大分权，子大分家。"兄弟成年后一般会分家，这说明家族兴

厨房

灶台

旺发达，是喜事。按习俗，"大仔坐（坐意为得到）老灶，细仔坐屎窖"。意思是，分家时把老灶分给大儿子，把厕所分给小儿子。小儿子没分到厨房，就得另起炉灶。一般来说，小儿子会发展得好一些。想来，应是大儿子分到的家产较好、较多，坐享其成，易安于现状；而小儿子分得的家产较少，只能另谋出路，在闯荡与拼搏中不断发展、壮大家业。正如我的两个堂兄弟，他俩成年后分家。堂兄分得家产后留在老家耕作，堂弟则出门打工。起先，堂弟只能打零工，后来认识了一个做琉璃瓦的师傅，便学起了手艺。堂弟这人脑瓜子活泛，不仅很快掌握了做琉璃瓦的技术，而且找到了一些门路。后来，他开始自己揽活。没几年就赚了一笔钱，回到家乡，风风光光建起了新房，砌起了新炉灶。

堂弟作灶那天，他的母舅家送来一担水桶，还有一套碗碟等厨餐用具。亲戚朋友和平常关系比较好的邻居，都来放鞭炮，并送粉干、豆腐等表示祝贺。老人家说，这叫"暖灶"。堂弟则设宴招待大家，以示感谢。

随着时代的变迁，现代人一般不再砌这种老式的大锅灶了，都是用煤气灶、液化气灶、燃气灶。那些已砌好的大锅灶，在乡间也只有逢年过节或家中办大事时才使用。每当见到灶膛里燃起的熊熊火焰，感受着那融融的暖意，童年的记忆又重临于心头……

六、乔迁

新居终于落成了！

说真的，要在"寸土寸金"的县城建房着实不易。不过，在老一辈的观念里，从农村出来的人，如果没在城里置房，就不能算是城里人。而且，最好是"有天有地"，也就是要买地皮自己建房。住那种"上不着天下不着地"的套房，对于老人来说，内心终究还有遗憾。然而，城区的地皮难买是众所周知的，建房的材料、工价也高。幸运的是，有个好友在西门街的席篙坪买了块地皮，不久又反悔了，想去厦门买房。于是，他便将地皮转让给我们，价格也不算太离谱。真是喜出望外！

这里原本是种植蔺草的水田，落地基时，地下咕嘟咕嘟直冒水。一台抽水机根本来不及，只好多调一台。两台抽水机马不停蹄地工作，总算把积水抽干，把地基落了下去。若按以前的规矩，建房过程中，分别要在起工、上梁、出水、完工四个日子宴请工匠师傅。不过，现在城乡盖房多采用混凝土结构，没有献

乔迁之喜

架、竖屏、上梁等工序，所以只在出水日放鞭炮庆贺，并在家中简单宴请工匠师傅及近亲。

历时半年，几多汗水、几多辛劳！如今，终于要迁新居了！电视机、电冰箱、洗衣机等大小家具已陆续搬入新居，只待择定吉日吉时举行乔迁仪式。"万事俱备，只欠东风"，好期待！

乔迁的时间选在三日后的子时。地理先生说，搬迁队伍中要有六种姓氏。我们自家人只有三种，于是邀请了三个不同姓的亲友，凑满了六姓。

当晚，我们是算着时间出发的。按照地理先生的交代，老公扛了三根竹篙和一把木梯。竹篙寓意生活节节高、读书得高中、老人得高寿，木梯寓意步步高。我则带了一个大红布袋，袋里装着一把算盘（寓意精打细算会治家）、一把杆秤（寓意称心如意）、一条新裤子（寓意"代代富"）。还要带上柚子和橘子，寓意"有吉庆"。前往新居的路上，两人各提一盏马灯，这叫"明火"，且因"灯"与"丁"谐音，又寓意旺"丁"。另有一人提火笼，这叫"暗火"，表示给新居传承火种。到达新居门口，又等了几分钟。吉时一到，早已候着的地理先生及两位好友便打开大门迎接，鸣放鞭炮。我们在亲友陪同下，鱼贯进入新居。地理先生将我们带至祖先牌位前，将灯火放上神龛，布袋放上神桌，点燃香烛，供奉行礼，告知祖宗自此正式搬入新家，求祖宗保佑兴旺发达、福寿安康。

拜过祖宗，孩子兴奋地在房子里到处跑，这里摸摸，那里跳跳，又把电灯全部打开，把新居照得亮堂堂的。我们的心情也格外灿烂，人人脸上都洋溢着幸福的笑容。男人们喝茶聊天，我们几个女人便在厨房忙碌开了，启用新锅新灶，给大家准备宵夜。使用新锅之前，得先"刷锅头"——用一块肥猪肉在锅里使劲刷一遍，让锅变得油亮光滑。据说，这样"刷"过之后，锅就会变得特别好用。当晚，除了老人和孩子，其他人都没有睡觉，一直待到了天明。

为了答谢帮助搬迁的亲友，也因有一些至亲好友送了礼，祝贺"乔迁之喜"，所以，仪式结束后，由地理先生另择吉日，我们在酒家办"搬屋酒"，宴请一众亲朋。至此，乔迁方告结束。

七、寿诞

健康长寿是人生大喜之一。

古时候，生存条件恶劣，医疗技术落后，因而人们的寿命普遍不长。故而，

寿诞之喜

有"人生七十古来稀"之说。昔日，人们认为活到六十岁已属不易，达到这个年纪就是"上了寿"，便值得庆贺。长汀人把六十岁作为寿的界限，此前的诞辰活动叫"做生日"，较为简单；六十岁以上为"做寿"，是一项重大喜庆活动。客家俗谚"男做齐头女做一"，即男人60岁、妇女61岁"上寿"开始，之后每隔十年生日可做寿。这点有别于其他地方的做九、做齐头。也有提前一年做，或忌讳做寿、出于俭朴并不张罗的。

比如，我母亲今年71岁，父亲79岁。本来应是今年给我母亲做寿，明年给父亲做寿。但父亲体谅我们，决定提前一年和母亲一起庆祝，说免得麻烦两次。这样也好，俩老一块儿做寿，热闹！从20多年前开始，我们每年给爸妈"做生日"，不过只是置办一桌酒菜，自家至亲简单庆祝一下。10年前，本想给老爸老妈做寿，考虑到奶奶刚过世不久，便作罢了。一直等到今年才做大寿。

汀人规矩，老人做寿须由子女出面张罗，若无子则由孙辈出面。寿期定下后，就要对内亲、至交发出请帖。长汀有句俗话"生日有请，斗伍（打平伙）冇催"。若有其他知情者送了寿礼，则要进行邀请。长汀还有个规矩，对辈分比寿星高的人不能送请帖，因没有长辈为晚辈做寿之理。

父亲母亲做寿时，我们几个姐妹都给他们各送了衣服一套、鞋子一双，再加一个大红包。叔叔送了寿幛、寿桃、寿面、喜炮四色礼品。姑姑送的是公鸡、

汀州"八喜"风情

083

寿礼

布匹等。姨姨则送寿联及喜炮。一般亲友只送红包，写上"福如东海""寿比南山""健康长寿"等祝语。

为长辈祝寿是家庭大事，一般提前三天就开始忙活。寿诞前一天晚上，在厅堂中挂起"寿星图"。厅堂两旁本来要挂上亲友送的寿幛、寿联，父亲母亲说太麻烦，不必挂了，摆在厅堂就好。案桌上燃起两根大大的寿烛，摆上寿桃、寿面及果品。面做成了九尺九寸长，寓意"久久命长"。寿桃堆成塔状，若无鲜桃，则以面粉制寿桃代替。当晚仅至亲参加，父亲母亲同坐厅堂，接受儿孙们的叩拜，这叫"暖寿"。寿辰当天，举行"庆寿"（祝寿）仪式。客人陆续到达，父亲母亲穿着新装端坐厅堂，接受儿孙和百客的祝贺。因他们年事已高，经不起长时间的折腾，坐了一会儿便到内室休息。来客对着堂中的座椅祝拜，由我哥哥在旁陪礼致谢。仪式结束后，众宾客入席。第一道菜是细长的面条，叫长寿面。席间，由帮厨人员给每桌添面条，寓意"添福添寿"。按老规矩，上了几道菜肴后，厨师端出一大盆整块的猪肉，当众在旁切成小块，浇上佐料，再重新装盆上桌，这叫"出盆"。此时，父亲母亲对客人说了几句感谢的话，然后我哥哥带着侄儿逐席敬酒，劝客人多喝几杯。

以前，村里有老人做寿，一般会连续热闹几天，甚至请戏班来助兴。不过，现在这些繁缛礼节已简化不少，多数亲友只是包个红包，表示祝贺，礼金有轻有重。主人也一般在酒家办酒席，宴请宾朋。近些年，乡间流行起了"流动酒家"，可以从头至尾替主家操办宴席，为主家省了许多麻烦。庆祝活动也丰富多彩，除传统的十番乐队外，几乎每个乡镇都新增了现代乐队，可按主家要求表演歌舞，热烈喜庆。

老话说得好，"朝神不如敬老"，客家人秉承儒家文化，为老人庆贺寿诞，表达了晚辈对老人的尊敬和祝福，体现了中华民族"孝亲敬老"的传统美德。

八、丰收

对于客家人来说，农耕是立命之本。一年的辛勤耕作，为的就是五谷丰登、六畜兴旺。

每到收成时节，"家中米谷豆麦满仓，窖里番薯芋子成墙，灶间薯种挂满梁"。为庆贺丰收，感恩"五谷大神"（神农氏），客家人以"食新""做禾了""蒸岁饭"等各种形式庆贺新粮上场。他们认为丰收来自"五谷大神"之恩泽，丰盛的美酒佳肴是敬祀"五谷大神"最好的供品。各乡各镇更以"迎花灯走古事""游草龙""游刻纸龙灯""百壶宴"等各种民俗活动来表达国泰民安、

五谷丰登

喜获丰收的喜悦之情。

据《吕氏春秋》载,五月早黍登场,天子须于夏至时举行"尝黍"仪式。《诗经》中也有"年丰多黍"的诗句。自宋末起,客家民间就出现了"食新"之俗,至今仍普遍盛行于长汀乡村。长汀客家民间的"食新"又叫"尝新禾"。时间是每年农历六月初,小暑至大暑之间的第一个"卯"日。

从前由于生产技术落后,农民基本上靠天吃饭。他们一年到头辛勤劳作,最大的愿望就是风调雨顺,五谷丰登。自春季播下稻种,到小暑后早稻收割,这三个多月时间里,旧粮告罄,新粮未熟,正是"青黄不接"的时候。那时,家里很困难。禾仓已空,一家老少吃糠咽菜,勒紧裤腰带度春荒。父亲最常念叨的一句话就是:"等割了新禾就好了!"

客家有句民谚:"几时禾黄问大暑。"小暑过后,田禾将熟,新谷即将登场。眼看难熬的春荒岁月将去,迎来的是开镰丰收的喜人季节,客家人用"尝新禾"这种方式,感恩先祖,恭迎五谷大神,欢庆丰收季节的到来。五谷大神,神农氏也,相传他尝百草,播五谷,为民造福,一直很受人敬奉。

终于盼到"食新"这天,一大早,我们几姐妹就奉母亲之命到稻田里寻找谷粒饱满、较为成熟的谷串,将这些谷串采回家,用米升碾压,吹去谷壳,可得到少许新米。"食新"还包含吃新长成的蔬菜。民谚云:"尝新禾,尝新禾,一盘苦瓜一盘茄。"所以,我们还要到菜园里采摘茄子、苦瓜等时鲜蔬菜,再加一样豆角或丝瓜。当天,母亲蒸好新饭,首先盛三碗,好让五谷大神尝新。若新米不够,便掺些老米进去。煮蔬菜时,豆角或丝瓜不可折断或切碎,须原状煮熟,意思是感恩神灵,心意完整,长长久久。这几样做好后,便带到五谷大神像前,焚香鸣炮,摆上新饭、时蔬,虔诚供奉。一求当年田禾大熟,"五谷大神肚罗罗,一年割出两年禾";二求五谷大神消灾弭祸,让田间稻谷颗粒归仓,避免遭受台风暴雨等自然灾害侵袭,造成"禾兜杯子笃(底),禾尾两个谷"的意外损失。

倘不去庙里供奉,则在自家神龛摆一碗新米饭、三杯米酒,然后焚香点烛,感谢祖先开基创业,垦拓家园。之后,还要设供桌于天井旁,摆时鲜蔬三碟,新米饭三碗,每碗饭上各放置一串新谷穗,正中置一香炉。父亲在烧香燃烛时口中念念有词:"请五谷大神食新!求五谷大神保佑五谷丰登,一家红红顺顺,越做越有……"焚香祷告以后,全家人就可以"食新"了。

"食新"这天,除了新米、新蔬之外,还要打糍粑、蒸糖糕、买猪肉、尝新酒。再困难的农家，也要让全家大小吃饱喝足，才能全力以赴，满怀喜悦，迎接夏收的到来。家境好些的农家还会准备鸡鸭鱼肉，放开肚皮尽情吃喝。

当年，客家先民筚路蓝缕，历经艰难险阻，迁徙至南方定居，在荒野丛林间开荒种植。有了农田，收获了粮食，客家人才得以繁衍生息。长汀客家人对祖先不畏艰辛开拓家园满怀崇敬，对"五谷大神"的护佑充满感恩。这一习俗也反映了在农耕社会"民以食为天"的思想。

"红"塘背，"绿"塘背
HONGTANGBEI, LUTANGBEI

一、塘背暴动节

在塘背村，有个特殊的节日——暴动节。这是全中国唯一与红色暴动有关的民俗节庆。

该村隶属长汀县南山镇，东与连城县朋口镇交界、南与上杭县南阳镇相邻、西与本县涂坊镇毗邻。据史料记载，1929年农历十月初四，在塘背这片红土地上，爆发了一场轰轰烈烈的农民武装暴动。张赤男、罗铭等人领导塘背及邻村700余农民，在红军一个连的策应下，包围了当地土豪的住宅和反动武装驻地，俘虏土豪罗志老、罗昆杨等，缴获步枪12支，子弹数百发。没收地主豪劣绅的财产200余件、谷子10万余斤及其他浮财，分给贫苦农民。还成立了农会及土地委员会，把原先被地主豪绅霸占的土地分给农民。贫苦农民人均分得土地2亩，他们第一次有了土地，个个兴高采烈。会后，又建立了一支以秘密农会会员为骨干的赤卫队。贫苦农民扬眉吐气欢欣鼓舞，纷纷要求参加农会、赤卫队。不久，塘背农会改组为塘背乡苏维埃政府。

尔后，塘背乡广大农民在党组织和乡苏维埃政府的领导下，壮大了武装，积极参军参战，努力生产。为保卫红色政权和胜利果实，塘背人民同反动武装进行了不屈不挠的斗争。其中，与近在深坑背驻扎的李七孜反动民团的斗争尤为残酷。赤卫队利用有利地形，按照"敌进我退，敌退我追，敌疲我打，敌驻我扰"的战术，和敌人打起了游击。从1930年到1932年，中央苏区扩大到整个闽西，塘背人民在这块不足10平方千米的小山村里，先后与李七孜、曹半溪、

塘背暴动烈士纪念碑

钟元岗等反动势力作战109次。房屋被烧家园被毁又重新再建,革命红旗始终不曾倒下,自誉为"红皮红心红骨头,石灰都粉不白"的红色乡村。1932年到1934年,塘背人民更是积极参军参战,努力生产,支援前线。塘背村赤卫队不论新、老队员均编入红军队伍,参加历次反"围剿"战斗,幸存者参加长征。当年的儿童团团长罗洪标也一起参加红军,后来成长为共和国开国少将。

新中国成立后,塘背人民为庆祝武装暴动的胜利,纪念土地革命战争时期牺牲的本村烈士,先后在村里的红石冈和坝口修建了"塘背革命烈士墓",把烈士英名镌刻于石碑上。2013年,重新在坝口修建了塘背革命烈士纪念碑。当地群众将每年农历十月初四定为具有特殊纪念意义的红色节日——塘背暴动节。每年的"暴动节"是全村最热闹的日子。会场彩旗飘扬,鼓乐喧天,村民自编、自导、自演的文艺节目吸引着四邻八乡的宾朋。表演结束后,党员、干部、学校师生、烈军属以及村民群众列队前往烈士墓前,祭奠为革命事业英勇献身的革命烈士,向烈士墓敬献花圈,寄托哀思。2015年,塘背村被设为国务院11个农村国家级固定观察点之一,也是红色旅游景点之一。

我们到塘背的那天，正是农历十月初四。在村口，我们受到村干部的热烈欢迎。随后，我们跟着长长的祭奠队伍前往烈士纪念碑，在碑前恭恭敬敬地默哀、鞠躬，以表达对革命先烈的敬仰之情。虽然，这段波澜壮阔的历史已过了89年，战争的硝烟早已散尽，但革命先辈不畏牺牲、赴汤蹈火的精神必将代代传承。

二、塘背新面貌

走进村子，扑面而来的是盎然的绿意。山是明净的，水是温润的。漫山的毛竹林，一如盛夏般葱郁。宽阔的水泥路穿村而过，犹如飘带缠绕山间。路边田野种着许多作物，红红的番芋花展颜欢笑，玉米从茎叶间探出头，稻穗沉甸甸地弯下腰，百香果爬满藤架，槟榔芋的叶片大如伞盖、一垄垄硕大的烤烟、一畦畦整齐的蔬菜……这片广袤的田野，丰饶而迷人！

突然，风儿送来一阵清香。原来，附近植有大片桂花苗木。"桂子开花，十里飘香"，果然不假！据说，村里的绿化苗木数量居全县第一，品种主要有桂花树、罗汉松、红豆杉等。今年的苗木销售业绩颇佳，目前已销出十余万株，主要销往浙江、河北雄安新区等地。不远处，竖着块牌子，上书"百绿现代农业公司"。驻足观望，见几位妇女正在田里采摘瓜果。紫莹莹的茄子长而大，台湾胡瓜短而粗，新品黄瓜嫩绿诱人。经主人同意，我们每人摘了根小黄瓜，用清水洗洗，迫不及待地咬上一口，鲜、脆！

晌午，满桌农家菜，唤醒我们心中久远的乡情。风味独特的炒梨菇，圆鼓鼓的油炸糕，汤汁鲜美的绿笋炖排骨，香软甜糯的黄米粿，还有那润滑可口的塘背豆腐，更是让人食欲大增，不忍罢箸。塘背豆腐和塘背米酒是本村的特产，味美润口，据说还能滋补养颜呢。

稍做歇息后，我们沿着盘旋回转的山路，来到石门溪水库。这是由国家烟草总公司援建的，库容130多万立方，可灌溉下游8950亩农田，是一项造福百姓的民生工程。站在水库大坝上，蓝天高远，山峰起伏，绵延成一幅恢宏的画卷。万亩山林一派生机盎然，山风掀起阵阵松涛，带来古木的沉香。置身于这天然氧吧，不禁浑然忘我。

这里的山山水水养育了勤劳智慧的塘背人民。据镇政府的工作人员介绍，塘背1976年就开始分田到户，走在了全国的前列。当年，塘背还成立了福建省第一个经济合作社。改革的春风,唤醒了乡亲们致富的梦想。80年代初,塘背村民开始种植食用菌菇。90年代,全村改种西瓜。瓜熟季节,每天需20多辆东风车运输,销往广东一带。之后,塘背人又率全县之先种植烤烟。党的十八大以来,原本出门打工的塘背人纷纷返乡,在各级党政和老促会的支持、帮助下,种起了百香果、柑橘、油桃等,面积达一千多亩。在塘背村民的带动下,全镇人民纷纷鼓足干劲,大力种植果树6000余亩。每棵产值约一百元,纯利润约占40%。当地还大力发展水产养殖业,水产品主要是四大家鱼——草鱼、鲢鱼、鲤鱼、鳙鱼,还有澳洲小龙虾。业主罗养伟说,这些小龙虾都是吃水草长大的,属生态养殖,很受市场欢迎。塘背的加工业发展也很不错。其中,塘背老酒是典型的代表,加工厂、外销、电商一条龙。村里家家户户都酿酒,以每户500斤计,每年产量就有40多万斤,效益颇为可观。

南山每个新兴产业的带头人,几乎都是塘背人。数十年来,塘背人发扬敢闯敢拼的精神,努力拼搏,奋勇前行。他们洒下滴滴汗水,把一捧捧红土化为

毛竹林

金灿灿的希望。市场经济更是开拓了乡亲们的视野，土地不再是他们唯一的战场，他们学技术、建公司、开工厂，成立了塘背生猪合作社、塘背花卉苗木合作社以及塘背蔬菜合作社等。他们用勤劳和智慧建设家乡，在悉心打造"绿水青山"的同时，狠抓农村精神文明建设，村村"种"文化，户户抓"家风"，不但美化了环境，也净化了心灵、文明了乡风。如今的塘背人民，正沿着绿色发展之路向全面小康阔步迈进。

　　塘背这片光荣的土地，以其厚重的红色文化、丰富的生态文化，为自己打造了一张崭新的名片。在"红"与"绿"的交相辉映下，塘背村变得更加多姿多彩、生机勃勃！

美丽非遗竞"芳菲"
MEILI FEIYI JING FANGFEI

  推开千年的门窗，漫步客家文化的殿堂。花灯千盏，点亮心房；汉剧十番，余韵悠长。美丽非遗，不老时光，悠久的历史，源远流长；神奇的传说，美丽留心上。

  扬起岁月的风帆，搭起文化传承的桥梁。山歌婉转，九龙腾欢；锣鼓声声，震撼四方。美丽非遗，美丽时光，精湛的技艺，举世无双；迷人的魅力，美丽竞流芳……

——题记

  自2017年6月17日始至2018年元旦，每逢周末，当你来到位于长汀县城中心的汀州试院，便可见人潮如海，闻乐声悠扬。这是长汀县委宣传部组织开展的非物质文化遗产音乐类定时定点展演活动。展演活动历时半年。展示的非遗项目包括客家民间十番音乐、长汀鼓吹、小调、客家山歌等。充满乡土气息的民乐、民歌，吸引着广大市民及游客参与观赏。各个代表队精湛的技艺、精彩的表演，让现场观众大饱耳福，赢来了阵阵热烈的掌声和喝彩声。

  在众多展演节目中，令我印象最深刻的是河田的公嫲吹。公嫲吹，又称公嫲子、公婆吹。在客家话中，嫲就是母，代表雌性，与公相对应。"公嫲吹"是公吹和嫲吹的组合。其乐器编配主要是一对高、低音唢呐组成，高音唢呐叫公吹，低音唢呐叫嫲吹。公嫲二吹之间形成对奏、支声关系。公吹所奏旋律称为雄句，嫲吹所奏旋律称为雌句。公吹带头，至一定乐句，嫲句接上。公吹短而细，嫲吹长而粗。"公吹"音色甘美、音域宽广、酣畅浑厚；"嫲吹"音色柔和、圆润清亮，富有韵味。通过两名唢呐艺人的演奏，模仿男女生产生活的

公嫲吹

情景，表现夫妇俩的甜蜜生活。"公嫲吹"的曲调扣人心弦，旋律时而舒展悠扬，似一对老夫妻在回忆过去的美好时光。时而交替吹奏，好像这对老夫妻互诉心曲；时而缓慢低沉，好似这对老夫妻在轻抚额上的皱纹，感叹岁月的无情；突然间乐器齐鸣，震人心魄，分明是相伴一生的亲人猝然离世后悲痛欲绝的哭声；转而低低呜咽，催人断肠……在公吹和嫲吹演奏时，十番音乐（即大锣、大鼓、二胡、笛子、三弦等十种乐器）从旁衬托，气势雄壮，余音绕梁。

据考证，"公嫲吹"起源于明代。数百年来，全靠民间艺人历代相传得以保存。根据文化部门的整理，还在流传的"公嫲吹"乐曲曲式结构可分为三部分，初段用传统的"高山流水"曲牌，中段自由套用地方小调，后段将初段缩减并略做变化反复后结束全曲。现存的公嫲吹主要曲目有《公嫲吹》《蝴蝶乐》等。"公嫲吹"的曲调内涵及吹奏水平均已达到极高的艺术水准。1985年由长汀民间艺人赴省演奏，被评为优秀节目。福建省民间音乐研究机构及专家对"公嫲吹"的艺术价值给予高度评价，认为这是劳动人民创造的客家传统文化中一颗耀眼的明珠。如今，唯有长汀还保留《公嫲吹》演奏，成为八闽绝响。2011年，《公嫲吹》被国务院公布为第三批国家级非物质文化遗产代表性项目。

涂坊镇十番乐队的演奏也相当出彩！这是一支由退休教师、小生意人、手艺人、老农组成的八板十番乐队。他们中有些人从小跟随父辈研习十番，技艺已是炉火纯青。有的十番艺人能用一片竹叶奏《风吹竹叶》，以一寸竹管奏《上工尺》。有几名艺人竟然能用鼻孔同时吹奏两把唢呐，观众纷纷惊呼：厉害！高手在民间！这群可敬的老人致力于涂坊八板十番音乐的传承推广，活跃于城市

十番乐队

乡间，走进中小学校，每年演出近200场次。

被誉为有《诗经》遗风的客家山歌，听来别有一番韵味。你看，那个穿戴着客家传统服饰、秀美质朴的山妹子已经唱开了——

"风吹竹叶响叮当噢，自动报名上前方噢，前方打倒反动派噢，缴了几多机关枪噢。"

"韭菜开花一杆心（噢），剪掉髻子当红军。保护个红军万万岁，妇女解放真甘心。"

"送郎去当红军啊，革命要认真啊，豪绅哪地主呀，剥削我穷人哪。哎呀我的格郎，我的郎……"

山妹子的歌声深情、动人。一曲终了，掌声雷动。客家山歌流行于古汀州地区，适宜用客家方言演唱。它继承了汉族民歌的传统风格，同时又吸收了当地土著山歌的优秀成分。千百年来，客家山歌在传承中发展，在发展中创新，广泛流传，久唱不衰。

长汀是国家级历史文化名城，自古以来都是州、郡、路、府的治所。悠悠千年时光，孕育了灿烂的历史文化，尤其是祖辈口传心授的传统文化极为丰富。除上述几种外，还有闹春田、打石佛、走古事等客家民俗；有白斩河田鸡、麒麟脱胎等客家美食；有丰富多彩的民间艺术，如船灯、马灯、龙灯、花鼓等；有神秘古老的客家严婆信俗、客家伏虎信俗、客家蛤瑚侯王信俗等。这些共同构成了长汀异彩纷呈的客家传统艺术文化资源。

"优秀的传统文化是群众长期生活的智慧和艺术的结晶,也是一个地区发展的精神基础。"客家非遗文化凝聚着客家劳动人民的智慧与心血,传承和发扬这一传统文化艺术瑰宝,是我们客家儿女义不容辞的责任。近年来,长汀县致力于做好客家文物保护、客家非遗传承、客家文化交流、客家基础设施建设等工作。相关部门在挖掘、保护和传承非遗方面付出了不懈的努力,使长汀有关民间文学、民间音乐、民间戏曲、民间美术、民间手工艺、民间信仰、传统医药、客家美食等传统文化得到有效保护与传承,推动文化遗产由抢救性保护向预防性保护转变。文化教育部门还专门编撰了乡土教材,介绍本地优秀客家非物质文化遗产,并在全县中小学开设相关课程,在青少年中普及客家文化。

汀州客家好醇酒
TINGZHOU KEJIA HAO CHUNJIU

客家人是离不开酒的。

对于客家人来说，不管日常生活，还是逢年过节，无论祭祀天地、祖先，抑或庆贺征战、农业丰收，米酒都是必不可少之物。每年冬至前后，家家户户忙着酿酒，以备招待亲友和自家饮用。即便平日不喝酒的人家，也要酿上一、两瓮来待客。俗话说："无酒不成席。"酒乃宴席之灵魂。菜肴再丰盛，倘若少了酒，便失却热烈的气氛。如果说客家菜肴如同熨斗，能把客家人的肠胃收拾得妥妥帖帖，那么来上一壶客家米酒，足可令客家人所有的消化酶一齐列队欢呼。

客家不同地区的米酒各具特色，其中汀州米酒的历史最为悠久，知名度最高。长汀县濯田镇的"百壶宴"，已流传数百年，足见汀州与客家米酒的渊源深厚。

汀州客家米酒又称客家酒娘，为传统手工酿造酒，属黄酒类。酿酒须选上等糯米，洗净后用清水浸泡。这是为了让米吸足水分，蒸的时候才熟得更透。待米泡软后，捞出，沥干水分。然后，将饭甑放在蒸架上，垫上棉麻布料做成的底布，再将泡好的糯米倒入饭甑。糯米蒸熟后，倒在用竹篾编成

蒸熟的糯米

的箩筐里，再用凉开水淋散，沥干。之后，把糯米饭舀入大缸里，把酒曲撒入饭中，充分搅拌均匀。再将饭抹平，在中央挖个窝，盖上簸箕盖。最后在酒缸周围捂上厚棉被，以便保温、发酵。蒸制后的糯米在发酵过程中转化为葡萄糖，三天后开始渗出汁液，但尚未转化为酒精，因此这些液体含糖量较高，酒精度低，饱含多种微量元素和人体所需的多种氨基酸及营养成分。此时提取的头酒，好比未出阁之少女，故称其为"酒妹子"。之后醪糟继续发酵，转化为酒精。酒精度逐渐升高，这时的酒液被称为"酒娘"。刚酿好时呈蜂蜜色，味甘甜。再过些时日，酒又会变成暗红色，其色浓厚，其味甘醇，其香馥郁。勤劳淳朴的汀州客家人，将水、火、糯米交融在一起，加上诚挚的心意，方才酿出一缸缸香醇的佳酿。

汀州客家米酒，不但颜色清、香气盛、口感好，而且营养丰富，功效多样。糯米经过酿制，营养成分更易于人体吸收，适合所有人食用。特别是中老年人、孕产妇和身体虚弱者，将红枣、红糖、生姜、土鸡放入糯米酒中煲，是上好的补品。古汀州有句谚语："男人喝正月，女人喝月子。"就是说，正月里男人可以开怀畅饮，整个正月浸泡酒中；而平常较少喝酒的女人到坐月子时，却用米酒滋

刚酿好的米酒

补身体、调剂血脉。在米酒中打个鸡蛋，再加入适量红糖，给产妇在月子里食用，可以滋养身体，补血补气。此外，米酒还有提神解乏、促进血液循环等功效。

自古尧舜千钟，醉后最见人心。何以解忧？唯有杜康。米酒在中国酒文化史上扮演着重要的角色。诗仙李白曾有"金樽清酒斗十千，玉盘珍馐值万钱"的诗句。苏东坡也作诗赞米酒如斯："形似玉梳白似璧，薄如蝉翼甜如蜜。难得世上一佳品，传与后世莫走移。"郑燮亦曾留下"家酿亦已熟，呼僮倨盎盆。小妇便为客，经袖对金樽"的佳句。汀州客家酿酒技艺，早在唐代就已颇负盛名。盛唐名相张九龄曾客寓汀州，汀州刺史摆宴谢公楼款待，一众文人雅士吟诗作赋，一醉醇醪。张九龄兴之所至，醺然作诗盛赞汀州客家米酒："谢公楼上好醇酒，二百青蚨买一斗。红泥乍擘绿蚁浮，玉碗才倾黄蜜剖。"留下一段千古佳话。

关于汀州客家米酒，还有一个有趣的传说——

很早以前，汀州府有对母女，以酿酒为生。有一年，田地干旱，庄稼歉收，糯米的价格飞涨，母女俩入不敷出，生计陷入窘境。母亲李氏成日长吁短叹："唉，再这样下去，我们娘俩可就没活路了！"女儿秀莲见母亲愁眉苦脸，也无计可施。

这天夜里，秀莲在屋外古樟下对天祈祷：老天爷，请帮帮我们母女吧！其时，铁拐李恰好在空中经过，听见秀莲姑娘的祷告，不禁动了恻隐之心。他把酒葫芦别在腰间，拄着铁拐，来到秀莲面前，说："姑娘，我有一道秘方，你照此方酿酒，保准酒价翻番，生意兴隆。"秀莲惊异地问："老爷爷，您是谁？""别管我是谁，你照我的话做就是了。"话音刚落，便不见了。

秀莲忙跑进屋，把这事一五一十地告诉母亲。李氏听了秀莲的描述，惊喜不已："这是铁拐李啊！"秀莲这才明白自己遇上神仙了，也兴奋不已。母女俩按铁拐李的秘方，酿出的酒色如蜂蜜，味道香醇，令人回味无穷，方圆几十里的人都慕名而来。这下，母女俩再也不愁生计了。

这酿酒方子传了一代又一代，形成了汀州客家独特的酿酒技艺，客家糯米酒也名扬四海。

走进严婆田

ZOUJIN YANPOTIAN

　　早就听闻，汀南一隅的南山镇，有个神奇的古村落。这个村子，山水秀美，民风淳朴，连名字也与众不同，叫严婆田。在这里，延续着一种独特的女性尊崇文化——严婆信俗文化。这次终于有缘前往。

　　关于严婆的传说有许多，且大多带着些神秘色彩。比如：严婆其实是该村外来青年林友成的两位夫人——涂兰馨、杨金珠的合祀化身，因同心诚勉、严律兴家、厚德高仪而受人崇拜；再比如，严婆出生时伴有兰香，自幼得观音、何仙姑点化，身怀灵异。成家后，严婆持家有道，教子有方，助丈夫振兴家业，从而声名远扬。还有，受土地之托，在樟树神母的协助下，教戒引导冥顽弟子，赢得八方同尊……后人建"严福庵""严慈宫"供奉祭祀，与"严婆故居"合称"三严景观"。"严婆田"的村名即由此而来。

　　严福庵始建于明朝嘉靖年间。走进严福庵，但见严婆玉神（又称严慈夫人）面容安详，圆润饱满。她端坐神位，一手拿着引慧书（观音所赐），一手持指天剑（王母金簪所化）。书象征文，剑象征武，意思是教育丈夫和儿女要文武双全。严婆玉神的上方高悬一块牌匾，上书"女仪万方"，两边有堂联"两手执书剑崇文示武，一心建家园教子相夫""励男淑惠乃妻母情分，尊女鉴严其郎儿胸襟"。严婆玉神留下的家风家训内容丰富，教戒全面，特色鲜明。除直接戒语、故事联匾等之外，还有颂唱歌谣，《严婆教化"六三"经》，其主要内容有"三尊"（尊天、尊国、尊家）、"三重"（重母、重妻、重女）、"三严"（严教、严行、严省）、"三勤"（勤善、勤劳、勤进）、"三守"（守义、守礼、守成）、"三弃"（弃恶、弃非、弃伪）……至今仍有其积极意义。

　　在古代社会观念里，总认为"夫为妻纲"，老公才是一家之主，老婆要听老

林氏宗祠

公的话。即便老公吃喝嫖赌，老婆也只能劝，不能管，否则就是不贤惠，遭人闲话，甚至被讥为"母老虎""歪布娘"。但严婆田人不这么想，在这里，老婆对丈夫严格不仅不会被嫌弃，反而会受到尊敬。他们认为，老婆严格是丈夫和家庭的福气。严婆田人把娶妻称为"讨老婆"，把新过门的媳妇叫作"新胚"，意思是要把新媳妇当作胚芽一样珍惜。严婆训诫中便有这样的内容："严婆严婆，没婆没着落，莫嫌严婆严，肇始严婆田，听句严婆言，根深叶茂万万年！"

严婆田是远近闻名的"草鞋之乡"。严婆告诫村民，好男儿志在四方。于是，男人们纷纷走出家门闯天下。女人们则采来蒿草，层层编织成轻便耐穿的草鞋。严婆田的人只要穿上这种草鞋，不管走到哪儿，都不会忘了回家的路。因此，人们把这种草鞋叫作"严婆草鞋"，又名"归心草鞋"。村里流传着一首民谣："草鞋长，草鞋短，草鞋本是一重秆（稻草）。一重秆子样般着（怎样穿），脚子勤勤问严婆。严婆送你三滴汗，滴入草鞋化软砖，软砖贴脚走四方，路平荆软百业旺。"这种不怕锐石和荆棘的"归心草鞋"，总能引发严婆田人浓浓的思亲情怀。

除了严婆草鞋，这里还有一桌有名的"香丝菜"。香丝菜很注重盐味，有盐有味，寓意有严有威。要是谁家儿女没教育好，人们就说："是不是父母让你吃的盐太少？"所谓"香丝菜"，其实就是各种农家菜，配上萝卜丝、笋丝、豆芽丝或肉丝等辅料，摆成各种造型。因"香丝"与"相思""乡思"谐音，所

严慈宫

以,香丝菜不仅寓意有情人互相思念,还寓意游子走得再远也会想起家乡。那些菜品也很有特色,比如:珍珠丸揉芋头丝油炸叫"香丝油圆",谐音是"相思有缘"。倘若男方到女方家相亲时,女方煮出这道菜,那基本上算是答应亲事了。还有一道"香丝卷帘",寓意"相思眷恋"。这两道菜要是一块儿上,定是宾主尽欢。若女方还要再考虑一下,就会煮一道"香丝米茶",意思是"相思你猜"……

对于客家人来说,酒菜是不分家的。严婆田不仅菜肴别具特色,酒也不同寻常。客家人上的酒,一般盛在锡壶里。而严婆田人却不一样,他们把酒分别盛在竹筒和酒壶里。用竹筒盛的叫"竹(祝)酒",用锡壶盛的叫"壶酒"。两种酒同上,合称"竹壶(祝福)酒"。依据两种酒器的特别造型,又合称"龙凤呈祥"酒。

村里有座"同心廊桥",架于九曲溪之上,其名源自严婆教化中的男女相携,永结同心。村口有棵老荷树,人们称其为"荷树母亲"。相传,这是

老荷树

何仙姑封的十二神树之一。十二神树分管严婆田的十二种事象职能，比如樟树分管教育，荷树分管婚姻和生子……还留下一首《十二神树歌》："荷（和）婚生，桂（贵）有根，樟树喂哩（母亲）教子孙，棕栗桃李柿橘蓉，凤仪节高满乡村。"当地人若要求婚姻、求生子，就到"荷树母亲"前焚香礼拜，虔诚祈祷。据说，当年严婆和她丈夫能结成姻缘，就是这棵老荷树撮合的。

"严婆威，严婆明，弟子诚心奉上敬，教佑男女福安泰，家荣国昌万代兴！"（《严婆礼颂》）严婆崇拜，以严为律，以婆为尊。在严婆信俗崇奉的风情文化中，女性的社会地位得到极好地尊重与体现。在中国几千年的历史长河中，男尊女卑的观念一直根深蒂固，而在严婆田，却出现了这种尊重女性、崇拜女性的信俗，实属难能可贵。

严婆田是一个处处体现女性慈恩的村落，走进它，你便会感悟天地之本真，人生之真谛，便会被客家人"敦厚雍慈、自律奋发、男女互尊、家国担当"的优良传统所感染。逡巡于九曲溪畔，浮躁的内心渐渐安宁，我们仿佛看见严婆面带威仪，徐徐吟诵：

"做人要勤正，做官要廉明，做事要顺天！"

"人传好人种，家传好家风，经得世事变，守得本心忠。"

"天地有四季，风浪显豪气，身前身后思，做人做名誉。"

"做得起人，担得起事，顾得起家，对得起国。"

……

她的声音穿越辽远时空，萦绕于我们耳畔，叩问着每个人的心灵！

严慈宫内的严婆神像

丝竹管弦弹古今
SIZHU GUANXIAN TANGUJIN

　　长汀客家十番音乐，是一种民间音乐，主要用于迎神赛会、百姓婚丧嫁娶，以及寿宴、生日、金榜题名等民俗活动中。

　　记得小时候，村里有人家办喜事或丧事，一般都会请来十番乐队，围坐于厅堂表演。我和小伙伴们总是好奇地围观，出神地看着乐手们演奏，想象着要是自己也能演奏出如此美妙的音乐，该多好啊！那时候，家境贫寒的农家子弟根本没条件接受艺术的熏陶。十番乐队的演奏是我们难得能接触到的"视听盛宴"。可以说，是他们在我们心中埋下了艺术的种子。

十番乐队

涂坊镇十番乐队

　　长汀客家十番音乐是长汀客家民间传统文艺最主要的代表性文艺项目之一，又称"客家十欢""打十般""吹五对""十样景""集欢"等。原用工尺谱记录，只可吟诵，不能演唱。因乐队演奏用二胡、吊规、椰胡、板胡、月琴、三弦、扬琴、琵琶、竹笛、唢呐等管弦乐器及板、堂鼓、堂锣、小钹、碰铃等打击乐器共十余件乐器，故称"十番"。"十"为概数，不一定是十人演奏十件乐器，而是视乐队拥有掌握何种乐器的人才而定，少则七八人，多则十五六人。

　　"十番"的演奏者多为当地知识分子和商人，也有少数普通民众。一些地区的班社还颇有名气，如长汀县涂坊镇的八板十番承传古乐思想和演奏方法，原始古朴、意境丰富、音色优美、旋律悠扬、节奏多变，堪称十番古乐的"活化石"。有些乐队成员从小跟随父辈研习十番，技艺已是炉火纯青。念初中时，有个来自涂坊的同学。她父亲是涂坊十番乐队的"领头羊"。因自小耳濡目染，她会拉二胡，会唱汉剧。有时在班里露上一手，有时在宿舍教我们学舞台上小生的"开扇""合扇"动作，还喜欢咿咿呀呀地唱："天上掉下个林妹妹……"听她说，童年时，她父亲常在家里拉二胡，时而轻松，时而压抑，时而激愤，时而欢悦。后来，二胡独奏变成了协奏，常有二三同好，各自带上乐器，聚在她家吹拉弹奏，传抄研习她父亲保存的古谱。再后来，便组成了一支十番乐队，熟悉的调子时常在村里喜庆、祭祀等场合响起。在演奏中，他们将苦闷烦难从

丝竹管弦弹古今

105

十番乐队在汀州试院表演

丝弦上轻轻拨落,让幸福欢乐从心底潺潺流淌……若干年后,这支乐队还远赴香港国际艺术节舞台演奏十番古乐,荣获金奖。

长汀客家十番音乐有着悠久的历史。早在唐宋年间,长汀客家先民南迁时,把中原古乐带到了闽西定居地。"客家十番音乐在流传期间不断地吸收融汇当地畲瑶古乐、南词说唱及汉剧、祈剧、潮剧、采茶戏、木偶戏音乐,甚至宗教音乐等,不断充实丰富自己,因而形成十分深厚的艺术积淀和各种不同风格的丰富多彩的曲调。"龙岩市民间文艺家协会名誉主席何志溪如是说。长汀客家十番音乐在闽西各县广泛流传并深得群众喜爱。不论城乡,皆有演奏十番音乐的班社。长年都有演奏,节假喜庆日尤甚。其演奏形式分坐奏、行奏两种。音乐风格抒情、舒缓。乐曲大多是描绘大自然或客家人生活习俗情趣,有的则是表现了古老的传说故事。

"长汀客家十番音乐"除班社和民众自身演奏外,还延伸到闽西汉剧、木偶戏、古首班和船灯、采茶灯、踩马灯等民间传统文艺活动中。革命战争年代,闽西的一些文艺爱好者用"旧瓶装新酒"的形式,把部分群众喜闻乐听的十番乐曲,填上革命的新词,用以宣传革命道理,鼓舞群众斗志,成为我国民间传统文艺与革命斗争紧密结合的成功范例,也为闽西客家十番音乐注入了新的活力。如广为流传的著名革命歌曲《送郎当红军》,用的就是十番音乐《怀胎歌》

的曲调。

如今，在广大农村地区，仍有不少乐队在节庆之时开展十番音乐演奏活动。2006年5月20日，在国务院公布的《第一批国家级非物质文化遗产名录》中，"闽西客家十番音乐"荣列其中。这也是被列入的少数几个客家传统民间文化项目之一，具有十分重要的历史意义和现实意义。"长汀客家十番音乐"的弘扬与振兴，可期可待！

丁屋岭无蚊之谜
DINGWULING WUWEN ZHIMI

丁屋岭，是一座古老而神奇的客家山寨。

这里地处高山，林木茂密，山清水秀，空气鲜甜，静美如画。虽历经800年风风雨雨，至今仍保留原始村落形态。丁屋岭最神奇之处，是全村没有一只蚊子。这里和其他村庄一样，养猪、养牛、养鸡鸭，随处可见水塘、积水，却为何无蚊呢？

原来，在山下村口有块奇特的石头，形状酷似蛤蟆，头朝丁屋岭，嘴巴微张。传说，就是它把丁屋岭的蚊子吃掉了，所以村里一年四季都不见蚊子。蛤蟆石旁有座小庙，虽仅巴掌般大，香火却很旺盛。每逢民间重大节日之时，便有许多人带上香烛供品来此祭祀。

如今，每当游人前往丁屋岭，从蛤蟆石身边经过，无不驻足观赏，啧啧称奇。一块如此巨大的石头，未经人工雕琢，怎就天然而成蛤蟆了呢？莫非石头也成精了么？

故事还得从头说起。七八百年前，元至正年间，丁氏一族为躲避战乱，远离故土，从山东一路南下迁徙。当他们风尘仆仆来到丁屋岭，发现这里环境清幽，安宁祥和，宛如世外桃源。于是，便在此安下家来。

丁氏族长育有一女，名唤慧儿，年方二八，甚是美貌。慧儿与族中一个贫苦子弟灵生相爱。灵生是孤儿，家徒四壁。她的父母知道后，大发雷霆，骂灵生是癞蛤蟆想吃天鹅肉，还要把他赶出村子。慧儿伤心极了，日日以泪洗面。灵生不愿远离，便在村口的树丛中搭了个草寮住下，希望能有机会再见慧儿。山间夜晚蚊虫肆虐，灵生常被叮咬，苦不堪言。

有一天，灵生听说慧儿患了疟疾，忽冷忽热，从村外请来的郎中说应是被

蛤蟆石

山中蚊虫叮咬所致。许是慧儿的体质太弱，更兼爱情受阻，心有积郁之气，故而病情反复总不见好。灵生心急如焚，他打听到有几种草药对治疗疟疾、祛除积郁有奇效，便翻山越岭去寻找。好不容易采到最后一种草药，却不小心摔落深谷。被村民发现的时候，他已经奄奄一息，手里却还抓着草药。他托村民把草药交给慧儿，便咽了气。慧儿病好后，得知消息，悲痛欲绝，立誓终身不嫁。

灵生死后，魂魄仍舍不得离去，便化作一块蛤蟆石守在村口。一是为了守候慧儿，二是每天吞吃蚊虫，保护慧儿及众村民免受叮咬。日复一日，年复一年，蛤蟆石始终匍匐在村口，任凭风吹雨打，不管严寒酷暑，一直默默地为丁屋岭吐祥送瑞，忠贞不渝。

另有一说，是观音菩萨见丁屋岭人每天上岭下岽辛苦劳作，夜间还要忍受蚊虫叮咬之苦，便令座下的蛤蟆石精守护丁屋岭，把这里的蚊子吃掉。据说，蛤蟆石的朝向是有讲究的，有"食在丁屋岭，屙在东陂冈"的说法。蛤蟆石头的朝向，即丁屋岭，全年无蚊；而尾巴朝向的东陂，却是蚊子多多。故而，丁

丁屋岭无蚊之谜

109

屋岭人都把蛤蟆石奉为神物。邻村村民对丁屋岭甚是嫉妒，便偷偷将蛤蟆石的"下巴"敲掉一块，这样蛤蟆石就没办法把丁屋岭的蚊子吃干净了。丁屋岭村民见"神物"受损，非常气愤，便建了座小庙，把它供奉起来，世代祭祀，以示保护。

当然，这些都只是传说。不过，丁屋岭四季无蚊，却是不争的事实。其实，这应与丁屋岭的环境、植被以及村民的卫生习惯有关。这里居于高山之巅，空气流通顺畅；植被繁茂，品种众多，其中不乏具驱蚊效果的植物。这里的村民卫生意识也很强，过去，他们常将生活垃圾收集起来，送到村外的山上掩埋。后来，随着村里青壮年的离去，人口渐减，生活、生产垃圾也越来越少了，这个习惯才渐渐被遗忘。

斗转星移，八百年如白驹过隙，山外世界早已发生沧桑巨变，丁屋岭却仿佛被时光遗忘了一般。这个遗世独立的小村，一如既往的静美神奇。远近游人慕名而来。人们行走在苔痕斑斑的石板路上，触摸着历史悠久的黄泥墙、老祠堂和老古井，感受着汀州客家人炊烟袅袅、鸡犬相闻的安宁生活，感动于一个个古老而动人的传说，毫不吝啬地用最美好的词汇形容它：八百年客家的风情、忘记时光的地方、四季无蚊的村庄、溢满乡愁的山寨……

闽西紫薇王的传说
MINXI ZIWEIWANG DE CHUANSHUO

在长汀县童坊镇彭坊村，有一棵千年古树南紫薇，被誉为"闽西紫薇王"。

这棵古树扎根于彭坊后山的半山腰，树干粗大，需数名成人张臂方能合围。树根一半扎入泥土，一半盘卧地面。树干底部鼓鼓囊囊，隆起许多大小不一的"树瘤"，有的如虎，有的似猴，有的又像鸡、像狗、像猪……十二生肖尽在其中。树干已中空，里面可容三、四人。传说广福禅院的伏虎祖师曾在这棵树下避过难呢！

伏虎祖师为北宋高僧，本姓叶，汀州宁化县人。唐清泰年间，于汀州开元寺出家，法名惠宽。南唐保泰三年，惠宽来到童坊平原山，建"普护庵"。因伏虎禅师广布福泽，造福百姓，熙宁三年，皇帝赐庵名为"广福禅院"。

一日，惠宽外出化缘。日暮时分，途经彭坊后山，见一棵高大挺秀的紫薇树，便坐于树下歇息。他刚从怀里掏出山下化得的馒头，忽觉一阵阴风袭来。定睛一看，却见一只野豹，立于几丈开外，正目露凶光盯着他呢！惠宽不禁唬了一大跳。说时迟，那时快，野豹纵身一跃，猛扑过来。惠宽闭上双眼，心中叫苦：我命休矣！

不料，预想中的痛楚并未降临，一旁倒是响起了打斗声。惠宽忙睁眼看时，只见一个身穿紫衫的少年，正徒手和野豹搏斗。少年身形灵活，招式精巧，忽而像猿猴，忽而似蛟龙，忽而如灵蛇……但野豹乃呼啸山林的猛兽，在它凶狠的进攻下，少年几次三番险象环生，身上的衣裳也被扯破了好几处，血迹斑斑。惠宽抱起一块大石头，欲待相助，却苦无合适时机。突然，野豹窜到少年身后，伸出利爪一抓，少年的小腿被撕开一道长长的伤口，顿时血流如注。惠宽终于找着机会，把石头猛地砸向野豹的头部。野豹吃痛，仰天长嚎数声，窜入丛林，

111

千年古树南紫薇

不见了。

　　惠宽赶紧上前，扶少年坐下，一看伤口，不禁惊呆了！少年的小腿血肉模糊，伤处几可见骨。惠宽忙撕下一块衣裳，给他包扎伤口。少年因失血过多，脸色苍白。他断断续续地说："我是紫薇树精，素日修习十二生肖拳。山神对我说，今时今日有位僧人路过此地，要我全力保护……"惠宽听得云里雾里，却也没多问。他在附近采了些草药，用石块捣碎，挤出汁液给少年服下。少年的血倒是止住了，却发起了高烧，一直昏迷不醒。惠宽想起少年的话，忙跪下祈祷：山神爷爷，求您快快显灵，救救树精吧！

　　正念叨着，突见眼前空地上腾地冒出一股青烟。待到烟散，一个挂着拐杖的白胡子公公出现在眼前。惠宽又惊又喜，忙问："您就是山神吗？"

　　"是的。"山神捋着胡子，笑呵呵地答道。

　　"紫薇树精为了救我身受重伤，请您救救他吧！"

　　山神俯身查看少年的伤势，又来到一旁的紫薇树旁转了两圈，然后挥起拐杖，在树的根部画起十二生肖的图案来，嘴里还念念有词。画毕，转身对惠宽说："今日之事，乃是你的一劫，也是树精的一难。我只能略微相助，接下来就看它的造化了。一旦度过此劫，你日后可成得道高僧，树精亦可延寿千年。"说完，化作一缕青烟消失了。

　　惠宽回到少年身边，摸摸他的额头，烧已经退了。惠宽心下稍宽，因太过疲倦，不觉睡了过去。

　　等到惠宽醒来时，天已大亮。他睁眼一看，咦，少年呢？他连忙起身，却见那棵紫薇树已变了模样，树干虽依旧挺拔，根部却隆起了一个个凹凸不平的

树洞里的金身菩萨

大肿块，仔细看，有些肿块的形状酷似十二生肖。背面还有个大洞，活像是被撕裂的伤口。惠宽心下明白，这是紫薇树精以自己的法力疗伤，许是修为尚浅，伤口愈合得并不理想，所以树身变得怪模怪样。

惠宽既感动又愧疚，对着紫薇树拜了三拜：树精啊树精，你为救我而遭难，我绝不负你与山神的厚望，今后定行善积德，护佑百姓。

惠宽说到做到，他在汀州期间，做了许多好事，被百姓奉为保护神。而那棵紫薇树，也果然成了千年奇树。当地村民感其德泽，在树内放置了一尊金身菩萨，称之为"菩萨树"，来此焚香祈福的人们络绎不绝。

闽西紫薇王的传说

红豆杉王的传说

HONGDOU SHANWANG DE CHUANSHUO

肖岭村位于长汀县童坊镇境内，物华天宝，林茂粮丰，气候宜人。村中有棵枝繁叶茂的"闽西红豆杉王"，高42米，胸围达5.45米（即胸径174厘米），需四位壮汉才能将之合围。这棵红豆杉树王年代久远，有许多古老的传说。其中流传最广的是一个感人的爱情故事。

很久很久以前，肖岭村有一对恋人，男的叫肖木生，二十出头，长得猿臂蜂腰，英俊不凡；女的叫肖红玉，芳龄十八，长相秀美，还有一副好嗓子，唱起山歌来，清亮婉转，就像山上的百灵鸟。按理说，他们俩郎才女貌，又情投意合，真是再般配不过了。可他们却一直不敢公开恋情。因为木生是个孤儿，家境贫寒。木生的父母早年亡故，他是靠吃百家饭长大的，成年后以打猎为生。红玉是家中的幺女，有两个哥哥。她父亲是肖姓的族长，又是村长，根本不可能看上木生。再加上木生和红玉都姓肖，按当地

闽西红豆杉王

习俗，同姓是不能结婚的。因此，他们俩的爱情几乎从一开始就注定是无望的。

红玉的父亲曾给她定了一门娃娃亲，亲家是邻村的村长。这日，亲家公来商议，说因老母有恙，想抓紧把儿子的喜事给办了，冲冲喜。于是，双方约定本月下旬成亲。红玉哭哭啼啼不同意，可父母根本不理睬她的意见，还说女孩子家就得遵从"父母之命，媒妁之言"。红玉苦恼极了，趁天黑偷偷出门去找木生倾诉。一对恋人为情所苦，相拥无言。看着红玉伤心垂泪，木生的心都要碎了。他咬咬牙，下了决心："红玉，你愿不愿意跟我走？"红玉猛地抬头，斩钉截铁地答道："我愿意！""你不怕跟着我会过苦日子？""只要跟你在一起，粗衣布裳都不怕，吃糠咽菜苦也甜！""好，那我们明日就动身，远走他乡！"……

正在这时，红玉的父亲带人闯进屋来。原来，红玉的母亲无意中看见她悄悄出门往山上走，便告诉了她父亲。她父亲便带上两个儿子跟踪而来，恰好听见了他们的对话，简直肺都要气炸了。他冲上前，"啪啪"给了红玉俩耳光，一把拖起红玉往家走。红玉的两个哥哥则把木生痛打了一顿。红玉连哭带喊，却毫无用处。一回到家，她就被父亲反锁在房中，失去了自由。红玉不吃不喝，以示反抗。她天天盼着木生来救她，带她离开这里，可木生却一直没有出现。

原来，那日木生被红玉的两个哥哥打得口吐鲜血，肋骨也断了好几根，昏迷了两三天。要不是邻居采来草药帮他治伤，恐怕性命都不保。

可怜木生和红玉俩人，各自在家中，被相思折磨。木生也曾托人去给红玉传信，可受托之人连她家的门都进不了，只辗转打听到三日后成亲。木生急怒攻心，他挣扎着下床，跌跌撞撞地来到红玉的家门前，却被红玉的哥哥连揍带赶。木生无奈，只好日夜站在附近的小山坡上，远远地望着红玉的家。他的旧伤未愈，又添新伤，再加上连日积郁，想着红玉近在咫尺，自己却无力相救，不禁悲从中来。他大喊一声："红玉！"连吐几口鲜血，倒地身亡。木生死后，化作一棵高大的红豆杉，仿佛在守望着自己心爱的恋人。

红玉听到木生去世的消息，心如刀绞。当晚，趁人不备，用一条白绫寻了短见。临死前，她留下遗言，求父兄把她葬在那棵红豆杉下。红玉的父兄看到这样的结局，心中亦是又痛又悔。他们商议之后，决定满足红玉的遗愿。

木生和红玉这对苦命的恋人，生前不能双宿双飞，死后终于长相依偎。这棵红豆杉长得格外葱郁，每年都结出数不清的红豆，仿佛是他们爱情的结晶。远近村民被他们坚贞不渝的爱情所打动，都把这棵红豆杉看作爱情的象征，常有有情人来此祭拜。人们在红豆杉前或焚上一炷香，或在树上系条红丝带，或久久瞻仰，用不同的方式，表达对真爱和幸福的向往！

苍翠的红豆杉王

老樟树的传说
LAOZHANGSHU DE CHUANSHUO

在河田镇蔡坊村，有一棵 500 多岁的老樟树，属国家一级保护名树。树高 38 米，胸径 3.12 米，要 8 个成年人手拉手方能合围。当地村民都把它当作神树。

传说，清朝末年，村里有个青年，名叫刘金生。他在村口开了家小饭馆，因为做菜用心，所以生意兴隆，名声渐起。这一日，有个县衙的衙役来到店里，说是县太爷的母亲抱恙，胃口不佳。老夫人吃腻了山珍海味，任是衙门里的厨子绞尽脑汁，想尽法子，总引不起她的食欲。县太爷是个孝子，见母亲吃不下东西，又是心疼又是着急。左右给县太爷献计，说干脆把全县有名的厨师都召集起来，组织一次厨艺大赛。老夫人在一旁听了，倒也来了兴致，说："我想喝点清淡的汤，就让他们每人做一碗萝卜汤吧。"于是，县太爷规定，比赛时，只提供白萝卜这一食材，看谁能把普通的萝卜做出不一样的味道来。

听了衙役的话，刘金生有点发蒙："啥？做萝卜汤有什么好比赛的？"衙役把眼一瞪："县太爷之命，你敢不从？""不敢，不敢！""明日卯时，县衙门口集中。县太爷有令，做好了，重重有赏；做不好，板子伺候！"刘金生只得诺诺连声。

衙役走后，刘金生再没心思做生意。他关了店门，愁眉苦脸地回到家。胆小的妻子得知此事，担心丈夫会挨板子，急得直掉泪。刘金生见妻子这般模样，更是烦躁。他走出家门，信步来到老樟树下。

刘金生心中焦虑，又无计可施，在树下长吁短叹。突然，身后有人问道："小伙子，你为什么叹气啊？"刘金生回头一看，原来是个慈眉善目的老公公。他长叹一声道："唉，跟您说了也没用。""那可不一定，你且说来听听。"刘金生便把事情一五一十地告诉了他。老公公抚掌大笑："这有何难？我有一法，包你拔得头筹。你且附耳过来。"刘金生心中疑惑，但还是把耳朵凑了过去。老公公把他的法子一说，刘金生心中顿时透亮。他刚想表示谢意，老公公却不见了。只听老樟树的叶子在夜风中哗哗作响，仿佛是老公公的笑声。刘金生这才明白，原来是树神显灵了，心中万分激动。他朝老樟树拜了三拜：树神啊树神，谢谢您的指点！

　　刘金生回到家，立马到鸡窝抓了只老母鸡，宰杀之后，剖洗干净，放入锅中，文火慢熬。接着从衣箱里找出一件尚未穿过的白褂子，放入锅中和鸡一起煮。就这样，鸡汤都被吸进了褂子里。然后，他把褂子从锅里捞出，连夜晾干。第二日，他把这件褂子装进包袱里。快到县衙时，才找了个偏僻的角落，把新褂子穿上身。

老樟树

　　进了衙门，几位厨师分别被带到小隔间。每个隔间里面都有锅灶，还备好了白萝卜、清水，以及油盐葱姜蒜等普通配料。刘金生一进去，就把身上的白褂子脱下，放入锅中以清水熬煮。等到褂子中的鸡汤熬出来后，再把褂子捞出。此时，锅中的汤已经香气扑鼻。然后放入萝卜煮熟，一锅清香四溢的萝卜汤便做好了。

　　当刘金生把做好的汤呈上去时，老夫人正在生气。原来她先品尝了另外几个厨师做的萝卜汤，都是寡淡无味，心中好生失望。县太爷正喝令衙役把他们拖下去打板子呢。老夫人看了看刘金生做的汤，汤汁清澈，更难得的是，这汤里飘出一股诱人的香气。她迫不及待地尝了一口，呀，真是太美味了！她嫌不过瘾，干脆端起碗大口大口地喝了起来。喝完了，连声夸赞："太好喝了！再来一碗！"县太爷见母亲食欲大开，不禁喜出望外。他不明白这汤到底有何特别

118

之处，忙命人再盛两碗过来。一碗给母亲，他自己也端了一碗，一尝，果然非同寻常！他高兴地大声说："赏！重重有赏！"刘金生心中悬着的一块石头这才落了地。他忙跪下磕头："谢县太爷！不过，我不要赏赐，请您饶了那几位厨师吧！"县太爷心情大好："好，就依你，饶了他们。"其他几位厨师虚惊一场，向县太爷磕头感谢后，又纷纷向刘金生表示谢意。

刘金生回到村里，第一件事就是带上香烛，来到老樟树下，焚香叩首，虔诚拜谢。

消息传开后，远近村民都知道了这棵老樟树有灵性，不仅逢年过节来此虔诚祭拜，平时遇有疑难杂事，也纷纷前来求告祈祷。故而，老樟树下总是烛火熠熠，香烟缭绕。

老樟树的传说

龙湖潭的传说
LONGHUTAN DE CHUANSHUO

四都镇新华村有个龙湖潭。最早的时候,龙湖潭只是一口普通的潭。之所以得此名,是因为一个古老的传说。

很久很久以前,这里曾住过一条龙。它是东海龙王最小的儿子,因为犯了错,龙王将其幽禁于此,命其静心思过。龙子每日待在潭中修心养性,只在晚间出来吐纳一番。

有一年,当地发生了百年不遇的旱灾,连续一个多月没下一滴雨,田地龟裂,农作物的叶子都晒蔫了。村里的小河、井水日渐干涸,百姓焦渴难耐,纷纷打点行装,准备逃往他乡。

村里有个老汉叫彭连发,已经六十多岁了。老伴身患重病,常年卧床不起。女儿冬梅刚满十四,长得很是水灵。彭老汉不愿逃荒折腾老伴,便每天到十几里外的深山里挑泉水。山路难走,来回一趟需大半日。这天,彭老汉挑水回家时,半路上不小心摔了一跤,把脚崴了,水桶也打翻了,辛辛苦苦挑回的水一滴不剩。冬梅心疼老父,自告奋勇要替父去挑水。彭老汉本不舍得让女儿受累,不过家里的水缸已经空了,只好点头答应。第二天早上,火辣辣的日头炙烤着大地。冬梅和父母一起吃了点干粮,便挑起水桶,走出了家门。

冬梅从小跟随父亲到山里砍竹捡柴,对她来说,翻山越岭倒也不算难事。眼下,正值山花盛开的季节。浓绿的树冠上花团锦簇,一串串,一片片,蔓延成如雪花海。树林里弥散着清幽的花香,沁人心脾。冬梅上到山腰,再往下走。没多久,便到了老虎岩。数块几近悬空的巨石,恰似老虎的血盆大口。老虎岩下,是一个高十余丈的"垂帘谷"。以前,有涓涓水流从岩上飘落,如今因为干旱，水流已断绝。继续往下，山势愈陡。树林蓊郁蔽日，一根根粗壮的山藤悬垂而下。渐渐地，听见了水的响声。转过一道弯，眼前豁然开朗。开阔的山谷中，一条欢快的涧流跳跃而来。涧边有不少石块，被流水冲刷得光滑发亮。丛丛青草从石缝间挤出，格外翠绿水润，山谷里不时响起鸟儿的啼鸣，感觉真像世外桃源一般。汗水淋漓的冬梅不禁吁了口气，终于到了！

来到潭边，冬梅抬头望去，只见一座几丈高的崖壁横亘眼前。水流从崖顶倾泻而下，形成一道高达数十米，宽约十米的悬泉飞瀑。起先如一匹白绢垂空而挂，中途却被凸起的壁石扯成大小几绺。站在潭前，仰望瀑布，水雾飘洒在脸上，凉丝丝的，舒服极了。瀑布下是一潭深幽的碧水，冬梅蹲下身子，掬了几捧潭水，喝了个痛快，然后将两只水桶盛满。她向四周望望，看见潭边有根特别粗大的藤条，弯成一架天然的秋千。冬梅毕竟是个少女，玩心仍盛。她情不自禁地跑过去，坐在"秋千"上，轻轻摇荡起来，不时发出银铃般的笑声。

突然，冬梅的耳畔响起了脚步声。她抬眼一看，只见一个风度翩翩的少年正从潭边走过来。咦，刚才明明没人呀，这人是打哪儿冒出来的？冬梅一边等"秋千"停下来，一边歪着脑袋看着他。

少年走到她身边，作了个揖，道："姑娘有礼了，请问你是哪里人氏？"

"我是新华村的。你呢？"

"我——我就住这附近。"

龙湖潭

"附近？你也是来挑水的吗？"冬梅好奇地问。

"不是，我是出来随便走走的。"少年又问："为什么要到山里来挑水？莫非你们村里的井水不能喝？"

"才不是呢！"冬梅噘起了嘴，"我们村里的水井全都干了。"

"全干了？为何？"

"都怪龙王爷，老是不下雨！老天还天天出太阳，把地都晒裂了，庄稼全都枯死了，河水、井水全都干了。我们村里人都打算去逃难了。"

"啊！怎么会这样？"

"该死的龙王爷！再不下雨，我们都没法活了！"冬梅愤愤地说道。

少年皱起了眉头："你们受苦了！我能帮什么忙吗？"

"怎么帮？除非你能帮忙下一场雨。"冬梅吐了吐舌头，调皮地说。

"只要下场雨，就能救你们吗？"

"是呀，有了雨水，庄稼就能活，我们也就不会被渴死、饿死了。"冬梅摇摇头，"嗨，跟你说这些也没用，你又不是龙王爷。"

少年思忖了一会儿，说："姑娘，你先回去。我保证，你们这儿很快就会下雨了！"

冬梅听了，疑惑地看着他。少年冲她点点头，目光坚定。冬梅半信半疑，但还是挑起水桶回去了。

傍晚时分，突然刮起了大风，乌云如墨团一般，黑压压地聚来。原本打算趁夜里天凉赶路的人们都放下了行李。没过多久，雨点开始滴落，打在地上，腾起阵阵灰尘，带着浓浓的土腥味。很快，雨大了起来，无数条水柱从天而降，仿佛是有人从天上喷水一般。人们起先看呆了，待到反应过来，不禁激动万分，有的欢呼雀跃，有的敲起了瓢盆，有的冲进大雨中大喊大叫，又唱又跳……这一夜，几乎没人睡觉。冬梅想起白天在潭边遇到的那位少年，明白这场雨肯定与他有关。

第二天黎明时分，冬梅早早打开家门。她深吸了一口清新的空气，舒爽极了！焦渴已久的土地经过一夜痛饮，又变得湿润起来。萎蔫的庄稼重新焕发了生机，在晨风中微微摇曳。花草树木也绽开了笑颜。啊，一切都好起来了！她带着满怀的好心情，直奔山中的水潭。

"喂——你在哪里？喂——你快出来呀——"她在潭边大声呼喊，却许久不见人影。冬梅喊累了，只好坐在秋千上，一边荡悠一边等候，不知不觉睡着了。

也不知过了多久，她觉得鼻子痒痒的，不禁打了个喷嚏，一下醒了过来。她侧头一看，少年正站在身边，手拿一片草叶逗她呢！

冬梅开心地从秋千上跳下来，说道："你总算出来了，我等你老半天了！你看，太阳都落山了！"

"等我干吗？"

"昨晚我们村里下了一场大雨，大家可高兴了！你告诉我，这雨是不是你下的？"

"嗯。"

"果然是你！太好了！你是龙王爷吗？"

"不是。"

"那你怎么会下雨呢？"

"我是龙王最小的儿子，因为醉酒打碎了玉帝赐的神器，害父王被玉帝申斥。父王一怒之下，罚我在此思过。"

"哦，那你还要在这里住多久呢？"

"我马上就要离开了。"

"为什么？龙王原谅你了吗？要让你回去了吗？"

"不是。昨晚这场雨是我擅自下的，并未获得父王的允许。现在父王知道了，大为震怒，要把我召回龙宫问罪。父王已经派了特使来传话，刚才你喊我的时候，我正在接受他们的讯问呢！"

"啊，这可怎么办？"冬梅大惊失色。

"能怎么办？大不了再受罚呗！"

"对不起！你是为了帮我们才惹龙王发怒的，我……我……好难过！"冬梅眼圈一红，眼泪扑簌簌地滴落下来。

"别难过，我是父王的儿子。父王虽然生气，总不至于要我的命。我跟特使说还要再待一会儿，就是为了和你告别。现在我该走了，你快回去吧！"

冬梅心里不舍，想要伸出手去挽留，少年却倏地消失了。她伤心极了，蹲下哭了老半天，才一步三回头地走了。

回到村里，冬梅把龙子幽居水潭，为救村民私自降雨，现在又被召回龙宫受罚的事一五一十地告诉大家。乡亲们都感动不已，走出家门，冲东方三跪九叩，感谢龙子的大恩。

为了纪念龙子，当地村民把他住过的水潭叫作"龙湖潭"。

雨漏佛
YULOUFO

长汀县城南有座山，叫朝斗岩。岩上古木蓊郁，环境清幽，奇石异洞，飞阁临空。相传，宋代有一隐士在霹雳岩炼丹，炼成之后在此建庵，每日烟霞做伴，坐朝北斗，并以"朝斗"二字刻石，故而得名。

朝斗岩山腰有座"吕仙楼"。再进去，便是大雄宝殿。殿后立着一块巨大的岩石，岩下有一石洞，不深，高数尺，宽三丈余，可容纳十几人。内设一座小石塔，塔上有尊弥勒石佛。石佛敞胸露肚，咧嘴而笑。有清泉从洞顶的石缝滴

吕仙楼

滴水洞天

落,正好落在石佛身上,长年不止。人们把它称为"雨漏佛"。

寺庙不大,早先仅有一位主持和尚。不过,传说这里的菩萨很是灵验,向来有求必应。因此,远近村民常来寺里烧香拜佛,香火日益旺盛。寺里有时需为善男信女供应斋饭。相传,滴水岩有条细细的石缝,每天都会流出一些大米和油。米是上等的好米,做成的饭香喷喷的,吃过的人都赞不绝口。油是香油,用它炒的菜蔬,分外美味。这条石缝似乎能掐会算,流出的米和油不多不少,刚好够主持和尚与庙里的香客食用。就这样,人们去朝神拜佛不用担心没饭吃,和尚也不必为没米下锅而犯愁。

有一年,寺里新来了一位和尚,法号昧庵。他想,寺里有条能出米和油的石缝,这可是顶好的财源!如果把石缝拓宽,让它多流些大米和油出来,吃不完的运到县城去卖,不就可以赚钱了吗?他把这想法对住持说了,起初,住持并不赞成:"阿弥陀佛,善哉善哉!出多少米和油是天意,天意岂可违乎?"昧庵和尚很不以为然,什么天意?还不是因为石缝太小,出的米和油才这么少。要是我们把石缝凿大一些,流出的米和油多了,拿来换钱换物,我们就不用再过清苦的日子了。听了昧庵和尚的话,住持终于动心了。于是,他们拿着凿子、

雨漏佛

125

大布袋和油桶,来到滴水岩前,对准那条石缝,又是凿又是撬。两人鼓捣了半天,石缝总算变宽了。可是,从石缝流出的却不再是米和油,而是水。住持不禁仰天长叹,深悔自己不该一时生了贪念,以致弄巧成拙。昧庵和尚也甚感羞愧。他无脸见人,第二天不辞而别,离开了寺庙。

　　从那以后,滴水岩再也流不出大米和油了,唯有一滴滴清水从岩洞不断滴落下来。难怪石佛总是在笑,它不仅是在嘲笑昧庵和尚太贪心,也是在嘲笑世上所有的贪婪之辈啊!那经久不绝的滴水声,恰如警钟,长鸣于世!

滴水岩

张地狐仙庙
ZHANGDI HUXIANMIAO

铁长乡张地村有座山，叫陂头坑。其山势嵯峨，怪石嶙峋。许因集天地之灵气，吸日月之精华，故而竹木蓊郁，山珍灵禽频现。

山上有个叫老庵场的地方，建有一座小庙，庙里供奉着一尊菩萨。菩萨刻成之后，不知何故，一直没有请大师来开光。按理说，未开光的菩萨是没有灵性的。可是，这菩萨却很不一般，村民们来此祈求告拜，只要不是歹念、恶事，几乎都能偿所愿。有个读书人赴京赶考前，特意前来求官，后来果然金榜题名，谋得官职。其他村民也求财得财，求子得子，求福得福……庙不在大，有灵则名。于是乎，四乡八里的人们都慕名而来，向菩萨求福求财求平安。每逢农历初一、十五日，人们成群结队地带上烛炮香油，拎鸡送酒，到庙里供奉祈祷。那时候，这座小庙的香火可旺盛了！

明朝某年，有个宁化知县因久不得子，甚是烦恼，听闻此处菩萨灵验，便带着供品前来求子。为表诚心，他亲自徒步上山。因山路崎岖，走起来很辛苦。上得山来，已是汗流浃背、腰酸腿软。他在菩萨面前许下宏愿，若能生得儿子，愿从山下的张地村开始修一条石阶路到庙门前。知县回去后不久，夫人果然有了身孕。十月怀胎期满，生下个大胖小子，可把知县高兴坏了！待到儿子满周岁，他便带人回庙里还愿，捐了一笔钱用于修路。村民们闻讯，也有钱的出钱，有力的出力。很快，石阶路便修好了。从此，人们上山下山就方便多了。

后来，消息传到清流知县的耳中，他不由动起了心思。因上头无人，他在这个偏远小县任职已久，在汀州八县的知县中资历最老，却一直未能升迁。若能求得菩萨保佑，升为汀州知府或调任其他富庶之地，就不用在这穷县僻壤熬着了。于是，他便择一吉日，轻车简从来到老庵场。他让随从在庙门外等候，独自走了进去。那天，他穿的是一双狐皮靴，来到菩萨面前，俯身跪拜。不料，待要起身时，双膝却仿佛被一股大力吸住一般，动也动不了。他不明就里，挣扎半天起不来，倒摸到自己随身带的官印。情急之下，他掏出官印，朝上一举。突觉眼前一花，有个东西从菩萨身后窜出来，飞快地跑了。知县随即挣起身，追出门外，那个东西却已不见踪影。听随从说，刚才好像跑出来一只狐狸。知县心知有异，只得悻悻离去。

原来，这是一只狐狸精，也不知是何时来到这高山之巅、灵秀之地，因修炼日久，法术渐精。它依附于庙里的菩萨身上，这些年来，乐善好施、悬壶济世，医好了许多病人的疑难杂症，同时暗地里为乡里解决了一些难题，也算为百姓做了不少好事。这日，因见清流知县足下蹬了双狐皮靴，悲愤之下，使出法术令知县长跪不得起身。不料，知县拿出了官印。狐仙慑于官印之威，仓皇逃窜，再不敢回。村民们听闻此事，便将这庙改称为狐仙庙。

遗憾的是，从那以后，庙里的菩萨就渐渐失去了灵性。人们见求告无效，遂不再前来。时日一长，"狐仙庙"门可罗雀，慢慢地就破败了。不过，关于"狐仙庙"的传说却流传至今。

陂头坑

潘仝与状元饼

PANTONG YU ZHUANGYUANBING

　　潘仝，又名潘龙，南宋时期长汀三洲潘坊人。传说，潘仝自幼乖巧、聪明、好学，却相貌丑陋，独眼、驼背、瘸腿。虽与世无争，却饱尝世态炎凉。潘仝长大后，才华出众。他不甘心一辈子待在三洲，更不甘心继续受人欺辱，于是决定赴京赶考。不料，潘仝遭到乡人的极力阻挠和嘲笑。他横下一条心，还是坚持踏上了进京的路途。

　　他背着行囊，走了大半日，来到汀州城郊。此时，已是日暮时分，潘仝腹中饥渴。他见路边有户人家，门口摆着个面饼摊子。潘仝的盘缠有限，只想讨碗水喝。摊主是位慈眉善目的大婶，潘仝走过去，行了个礼，说道："大婶，我是三洲人氏，姓潘名仝。因进京赶考，路过于此，想向您讨碗水喝。"

　　大婶见潘仝身残，又因赶路满头大汗，不禁心生同情，便递过一条板凳，让他坐下歇息，又给他端来一碗水，还拿了几个面饼请他吃。这面饼色泽金黄，香气诱人。潘仝咬了一口，皮薄馅多，酥香美味，不禁一口气吃了三个，其后，不好意思再吃。大婶见状，就把剩下的几个都放进他的包袱，让他带着路上吃。潘仝感动不已，说："多谢大婶赐饼之恩！他日我中了状元，衣锦还乡再来报答。"大婶笑笑，也没当回事。

　　数月后的一天，大婶要到汀江河畔的半爿街市场买面粉，顺

面饼

汀州状元饼

便带了一篮子饼去卖。她走到龙潭边时，听见亭子里有人在说书，刚好说到潘全金殿上机智应对那一段："……皇上想试试潘全的才学，便故意说道：'潘全，你单眼……'潘全朗声应道：'皇上，草民单眼照乾坤！'皇上又说：'你驼背……''草民背驼驼天子！''你瘸腿……''草民瘸腿跳龙门！'皇上一听，龙颜大悦：'爱卿真乃状元之才！'潘全立即跪下，一边叩首一边高呼：'谢主隆恩！'皇上金口玉言，不好更改，便封了潘全为状元。"听到这儿，众人纷纷赞叹："潘状元真是才思敏捷呀！""潘状元这是遇上明君了，一身才华总算有了施展的机会"……大婶听了，想起前些日子在自己家歇脚的秀才正是潘全，便自豪地告诉别人："潘状元吃过我家的饼哩，我这可是状元饼！"旁人起初笑她乱说，听了大婶讲述的经过，不由得不信，便纷纷围过来买她的饼。一篮子饼很快一抢而空，大家还围着大婶不让走。大婶高声说："没有啦，卖光啦！想要状元饼的人明天到我家来买哈！"

可惜的是，潘全后来在返乡途中早逝，未能兑现诺言前来感谢大婶。不过，大婶家的状元饼却就此出了名，每天都供不应求。不仅远近乡邻要买，外地来的客人也要尝一尝，那些进京赶考的秀才，更是非买不可。很快，汀州城的状元饼店如雨后春笋般冒了出来。为迎合人们的心理，有些店家还会在饼上刻"金榜题名""状元及第"等字样。从此，"汀州状元饼"声名远播，成为人们馈赠亲友的上好礼品。

状元饼礼盒

花生的传说

HUASHENG DE CHUANSHUO

很久以前,有对老夫妻带着孙子从中原逃难来到汀州。

老夫妻年老体弱,孙子华华是个勤劳能干的小伙子。他在卧龙山脚下搭起一间简陋的小木屋,让爷爷奶奶有个遮风挡雨的地方。平日里华华就上山打猎,只是山上的猎物并不多,运气好时,能打到一些野兔什么的,可以拿到集市换回一些米、菜;运气不好时,几天都没什么收获。于是,华华又在离家不远的地方开垦了一块地。这样的山坡地,不适合种稻谷。种什么好呢?爷爷奶奶说,种花生吧,既好吃,又可以榨油,还能卖钱呢!

花生种下去没多久,就冒出了嫩嫩的绿芽。华华一有空就给花生锄草、浇粪、松土……花生噌噌地长,很快就开出了一朵朵小花。花是淡黄色的,点缀在片片绿叶间,清新可爱,煞是喜人。华华每天都要来看上几遍,时不时蹲下来摸摸花生的花和叶,有时对着花生说说悄悄话,开心的、不开心的事都说。

过了些日子,华华的爷爷奶奶都生病了。爷爷咳嗽老不见好,奶奶总说胃不舒服,还时常头晕。华华没钱抓药,心急如焚。这天,满面愁容的华华来到地里,一边给花生浇水,一边念叨着:"花生啊花生,快快长,等你们结了果,就可以换钱给爷爷奶奶抓药了。"

夜里,华华伺候爷爷奶奶睡下,自己也疲倦地靠在床边。刚要进入梦乡,突然感觉门被轻轻推开了。他忙睁开眼,只见一位黄衫绿裙、眉清目秀的姑娘走了进来。华华纳闷道:"姑娘,你是谁?来我家做什么?"

"我是你每天细心照料的花生姑娘呀!我知道爷爷奶奶都生病了,特意来帮帮你。"

华华喜出望外,忙问:"姑娘,你有什么办法?能治好我爷爷奶奶的病吗?"

"办法倒是有一个。你可能不知道,其实地里的花生已经结了果实,它们就能治病。"

"哦,花生就能治我爷爷奶奶的病?"

"是的,你且附耳过来。"

姑娘凑到华华耳边细说,他边听边点头,用心记下。

花生姑娘说完,转了个身,就不见了。

第二天开始,华华到地里拔了一些花生,果然已经结了一串串果实。他按花生姑娘说的,将花生仁炒熟,给奶奶佐餐。又将带红衣的花生、核桃仁、黑芝麻、干冬桑叶等物捣碎,用猪油熬炼制成膏状,让爷爷每晚服用。俩人的病情都大为好转,身体也渐渐硬朗起来。

左邻右舍听说了花生的妙用,纷纷效仿。于是,长汀花生的美名一下子传扬开来!

汀州粉干的传说
TINGZHOU FENGAN DE CHUANSHUO

人常道:"客家美食甲天下,汀州美食甲客家。"在数不清的汀州美食中,汀州粉干可谓一绝。因其在制作过程中经过了数次漂洗,所以韧性很好,口感极佳,是馈赠亲友的佳品和招待客人的佳肴,深受广大民众的喜爱。

说起汀州粉干,还有一个有趣的传说。从西晋开始,汉人就开始陆续南迁。至于真正在汀州落脚安家,则是在唐代。北方汉人的食物主要是麦制品,到了南方就以水稻为主了,自然也没有北方的那种产品和风味吃法。相传唐大历年间,朝廷派了一个马姓巡抚来到汀州,知府每餐皆以酒肉待之,满心以为如此盛情款待定能博巡抚大人欢心。不料,马巡抚就是不满意,原因是缺少了他们每天都习惯吃的面食。可汀州不产小麦,做不了面。怎么办呢?当时的馆前驿驿丞叶安想出个点子,他说,能否用我们本地生产的稻米做成粉,配上些佐料,权充面粉?

起先,因为没有经验,失败了多次。经过反复试验,叶安等人总算摸着了些门道。于是,他们选了天气晴朗、有风的日子,把碓白的稻米提前一天反复洗净,然后放到木桶里浸泡。把泡软的稻米再次搓洗后,用石磨磨成米浆。在石磨的出料口外绑扎一个能透水的粉袋,磨出的米浆便直接流入布袋中。磨完后,把布袋口扎紧,米浆中的水分从布袋缓缓渗出。然后在布袋上压一块大石头,这样水分便渗得更快了。等到布袋中再没有水分渗出,便把布袋打开,此时米浆已被压成了硬块。将这些硬块倒入粉盘,搓散,在散粉中按比例拌入粉种(粉种是充分浸泡变成糊状沥干水分的碎米粉),再揉成小长条团,放入蒸笼中蒸软,然后拿出来,趁热揉搓成圆柱形备榨。

接下来就是一道很重要的工序——榨粉干。榨粉时,在粉桥上把粉筒移到

晒粉干

便于操作的位置，把符合要求、小孔畅通并抹上蜂蜡的粉算放入粉筒孔底部，再把备榨粉置于粉算上压紧。备榨粉上面是粉蛇子（密封条）、粉饼，压筒（也称粉尖）直接压在粉饼上，利用杠杆原理，通过榨梁的作用力把粉通过粉算榨入粉灶锅里。榨梁有四到五米长，它的一端固定在高顶"牛肩头"上，并压在压筒上，另一端高高翘起，由榨索把它与矮顶上有两个孔的滚筒连在一起。榨粉者轮番使用两根榨棍，通过榨索的作用力把榨梁下压的同时，另一端压筒也同时往下压。当细粉压到锅中后，在滚烫的粉锅水中焊锅后用大簸箩捞起放入盛了冷水的大桶榶里，就着大簸箩用手捞着洗（降温），接着放入盛有冷水的大盆中，再把大盆中的细粉折叠一下，然后掐断，一片长十余厘米，宽七八厘米的四方块形粉干就基本成形了。然后重复刚才的动作继续折叠下一片……把这些粉干片整齐地摆在一块块竹篾编成的长方形粉笪上，再架至粉架上，置于阳光下暴晒。晒干后的粉干片硬邦邦的。至此，叶安他们发明的粉干终于制作成功了。

当细嫩润滑，喷香可口的粉干上桌时，巡抚大人总算露出了满意的笑容。此事在民间传为佳话，从此，这套粉干制作工艺便流传下来。

汀州粉干的烹饪方法主要有煮、炒、拌三种。

煮粉干，最出名的是"杨成武将军纪念馆"斜对面"有间饭店"煮的"夹心粉"或"猪腰粉"。其做法倒也简单，无非就是沸水煮泡。关键是老板的刀功甚为了得，夹心肉片或猪腰片切得极薄，略拌点盐和淀粉，在沸水中稍一冲泡，薄片便微卷了起来。

猪腰粉

再放入葱段、料酒、胡椒、烫熟的绿豆芽、青菜等配料，尚未入口，腾腾的香气早已扑鼻而来。吃到嘴里，粉干颇具韧性，肉片或猪腰片极为爽口，堪称汀州小吃中的一绝！夏天吃上一碗，满头大汗，淋漓酣畅；冬天来上一份，暖心暖胃，唇齿留香！

炒粉干，一般做法是先把一两片粉干用沸水泡软，用漏勺捞起，放到水龙头下冲一冲，使其冷却，沥干水分。接着炒一个鸡蛋花，然后把备好的胡萝卜丝、莴笋丝、香菇丝、青椒丝用猪油炒至八成熟，作为配料。把锅洗净，烧热，控小火，重新放油，再放适量盐、鸡精、酱油、料酒稍微熬一下，依次倒入粉干、蔬菜丝、鸡蛋花等配料，拌匀，翻炒几分钟，然后用盘子盛起，表面再撒点碧绿的葱花。这样，一盘色、香、味俱全的炒粉干便新鲜出锅了。

拌粉干，这种做法相对简单得多。先备好一个盘子，在盘中放入盐、鸡精、酱油、香油、油葱、蒜末、料酒，把粉干、几片青菜和些许豆芽放入锅里的沸水中烫软，捞起，放入盘中，趁热拌匀即可食用。因其方便快捷，故大凡小吃店都能吃到。

炒粉干

在我的老家还保留着一种习俗，谁家有添丁的喜事，便要请全村人吃"添丁粉干"。因所需量大，须用一口大锅把粉干烫软，捞起，用洗净的大箩盛放，然后洒上盐水，拌匀。其中一小部分粉干还要用一种叫作"红花籽"

汀州粉干的传说

135

拌粉干

的红色粉末染红。然后由两个成年人抬着一个大箩,挨家挨户去散粉干。每到一家大门口,散粉干的人就高喊一声:"某某家添丁了,来散粉干咯!"主人便闻声出来,说一些恭喜、祝福的话语。家中的小孩便飞跑去厨房,拿出一个大碗或小盆。散粉干的人伸手在大箩中抓起一把白粉干放入碗中,碗里一下就满了,然后抓一小撮红粉干置于碗尖。小时候的我觉得那红红的粉干格外诱人,总是眼巴巴地看着人家,有时甚至忍不住开口说:"再多一点红粉干吧!"散粉干的人就会笑笑说:"好嘞,再多点!"每当这时,母亲便会斥我:"没规矩!"为了躲避母亲的"爆炒栗子",我便机灵地一扭身,端着碗飞跑进家门,自顾大快朵颐去了。

簸箕粄的传说
BOJIBAN DE CHUANSHUO

簸箕粄，顾名思义，是用簸箕蒸制的"粄"。这种长条形的美味，有着白如羊脂、晶莹如玉的米浆外皮，里面裹着炒熟的香菇、瘦肉、豆角等，表层是葱油，白与绿相互映衬，格外赏心悦目，引人食之而后快。

制作簸箕粄的工具很简单，磨盘、簸箕、大铁锅。首先，将大米用水浸泡一段时间，待到松软后，磨成米浆。大米要选晚稻米，弹牙。有些巧妇会往米浆中掺些木薯粉，以增强韧性，待蒸熟后才不至揭破。还得提前备好馅料，常见的馅有豆角炒肉或豆芽香菇炒韭菜等。制作时，舀一两勺米浆在簸箕内，摇匀后放入铁锅蒸，几分钟即熟。将簸箕取出，洒上馅料，再小心地将粄皮揭起，卷成带状即可。现在则大多会将蒸熟的粄皮用筷子或汤勺划成若干份，每份五寸见方，再裹上馅料。有人把簸箕粄又称为"带子粄"，不仅是因其形状如带，还另有一重寓意，就是"带子"——带来儿子。

簸箕粄制作完成之后，其实便可以吃了。但在食用前，聪明的客家人还会在簸箕粄上浇一层葱油。所谓葱油，是将一些葱、姜、蒜、炸小鱼干等剁碎，热油一浇，"滋啦"一声，香！此时，夹一条簸箕粄放入嘴里，只觉软滑可口。再配上一碗萝卜骨头汤或豆腐海带汤，更是妙不可言！

关于簸箕粄，还有个有趣的传说。早先，宣成乡有个男子外出学艺，多年杳无音讯。这日，男子突然归来，家人欣喜若狂。当晚，妻子取了些白花花的稻米，放入木桶浸泡，打算第二天做些糕点给丈夫吃。次日，妻子把泡软的米磨成米浆。不料，不小心把米浆调得太稀了，没法做平常的糕点。她懊恼地左看右看，无意中看到墙上挂着的竹簸箕，菜篮里还有些豆角和鲜香菇。有了！她用小勺把米浆舀到簸箕里，摇匀后放入锅中蒸。少顷，她揭盖取出簸箕，趁

137

蒸簸箕粄

　　热将簸箕上的"米浆"剥下。已熟的米浆又白又薄又软，像圆圆的玉盘，包上馅料，卷起来如玉带一般。丈夫吃着妻子做的新奇食品，连连说好吃，问这是什么糕点，妻子随口说是"簸箕粄"。恰好，街坊四邻前来探望，妻子热情地招呼大家品尝。大家吃了都赞不绝口，纷纷向她讨教做法。一传十，十传百，簸箕粄的美名越传越广，成了客家有名的风味小吃。

　　童年时，物资匮乏，加上制作簸箕粄挺费事，所以平时一般吃不到，要等年节喜庆才能吃上。那时，最喜欢看母亲蒸簸箕粄。她会在锅里垫些乌箕草或甜茶木，这样蒸出来的簸箕粄便有种独特的味道。然后干净利落地舀几勺米浆，摊在簸箕上，再以两手握住簸箕边沿，轻轻将米浆摇匀。粄皮还在锅里蒸着，我们兄弟姐妹几个早早端着碗，攥着筷，围着灶台，等候出锅。灶火熊熊，映得我们的小脸通红。母亲的脸也通红，额角渗出细密的汗珠。揭开锅盖，热气蒸腾而起。"蒸好咯，蒸好咯！"我们都欢呼雀跃。母亲麻利地将馅料均匀摊在粄皮上，卷成条状。簸箕蒸的米浆皮，揭下时还带着竹篾天然的纹理，细细密密，仿佛是精致的装饰，隐隐带着草木的清香。第一条簸箕粄要恭恭敬敬供灶神，之后我们方可享用。往往，粄子还在簸箕里，我们就迫不及待地抓起一条边跑边吃。那温热美好的感觉，至今仍荡漾在心头。

有人说，风味小吃是故乡记忆的最佳载体。不错的！如今，宣成周边还保留着竹簸箕、大铁锅制作簸箕粄的工艺，留住了童年记忆和浓浓的乡愁。

刚出锅的簸箕粄

簸箕粄的传说

139

炰糈的传说
PAOXU DE CHUANSHUO

炰糈是长汀一种著名的风味小吃,是旧时汀州客家人供奉菩萨、祭祀祖先的必备物之一,也是逢年过节待客之佳品。因炰糈做起来比较麻烦,所以一般端午、重阳和春节等重大节日才能吃上。

做炰糈,得选用纯净大冬糯米,提前一晚用清水泡软。次晨,把水分沥干,用石磨磨成米粉。接着,在米粉中拌糖,一般一斤米加三至五两的红糖(白糖亦可),视各人的口味喜好而定。拌匀后,加温水和之,边加水边用力揉搓,直至揉成一个大圆球。然后,从这大圆球上揪下一小团,用双掌揉搓成直径不到二厘米、长约五公分的圆条形,一根根摆在干净的簸箕上,轻轻撒上一层芝麻。这是炰糈的"半成品"。

接下来,将油锅烧至六分热,待到锅里的油微微冒泡,便将"半成品"小心地从两端捏起,沿着锅壁轻轻放入锅中炸。不一会儿,一根根炰糈便从锅底浮起。这时,得用筷子轻轻翻动炰糈,使其均匀受热。再炸十分钟左右,炰糈的颜色由浅变深,渐渐变成棕红色,香气四溢。用筷子划拉时,能听到轻微的窸窣声,便可将其从锅中夹起,置于漏勺控油。刚出锅的炰糈,成了蓬松的"小胖子",色泽鲜艳,令人垂涎。咬上一口,外酥内软,香糯甜韧,

炸炰糈

唇齿留香。有特别喜好㷛糍者，会一次炸好许多，用油浸泡于瓷瓮中保存，嘴馋时取出，蒸软即食。虽少了刚炸好时的那种酥香，却别有一番甜软的滋味。用筷子从中间夹起，两端便柔软下垂。老家有几句顺口溜："筷子般长，芝麻般香，软过棉絮，甜过蜜糖，油光嫩滑，入口消融，筷子一响，浪荡精光。"(味道好，吃得盘中一根不留)

传说，乾隆皇帝微服游江南时，有一天，君臣扮作书生来到三洲，不小心在四角亭落下一个装龙袍的包袱。有位路过的村民拾到后，送给村里的老者看。老者认出这是件龙袍，判断皇上必定回来寻找。于是，老者和那个村民带着包袱回到四角亭，准备接驾。等了许久，时已近午。老者的家人怕他饿着，就送来点心，其中有一盘过年炸的糖糍。老者一心迎候皇上，无心进食，便置于一旁。再说乾隆和侍从发现少了个包袱，便原路返回。老者和村民正在亭内等候，呈上包袱和糖糍。乾隆走了许多路，早已饥肠辘辘，指着糖糍问："这是何物？"老者答道："这是糖糍，恭请皇上品尝。"乾隆拿起一根，边吃边赞："嗯，不错！好吃！"吃完后，乾隆见三洲乡民淳朴，便令侍从拿出笔墨，亲笔写下"古进贤乡"四字，盖上玉玺（后来制成匾额，中加"圣旨"二字，挂在街中鼓楼上）。当地人为了纪念这件事，就把糖糍改叫"袍糍"（㷛糍）了。

御赐"古井贤乡"匾额

㷛糍的传说

141

豆腐皮的传说
DOUFUPI DE CHUANSHUO

汀州豆腐皮是有名的客家美食。

它的原材料为优质黄豆，以传统手工艺精制而成，不加任何辅料或添加剂，是高蛋白低脂肪的绿色食品。因其价廉味美，营养丰富，食用随宜，成为长汀人待客馈赠之佳品。

汀州豆腐皮乃手工制作。首先，将浸泡过的豆子磨两遍，只有细腻的豆浆才能做出上品豆腐皮；再把豆浆倒入锅中煮熟，温度须保持在六七十摄氏度之间。蛋白质和脂肪被高温逼出，加速上浮，冷却的同时结成软皮。接着，将豆腐皮挑起。挑的时候，铲刀要顺着锅沿快速划过；然后，将不再结皮的豆浆继续熬煮至黏稠状，形成包浆，重新裹回半干的腐竹上。拌浆不能有焦糊味，要刚好能挂住，又不能太过稠厚。烘干是最后一道工序，最考验耐心。烘烤两个小时之后，每一根豆腐皮都要重新整理，否则，粘连在一起就无法干透了。

做好的豆腐皮呈浅黄色，富有光泽，蜂窝均匀，折之易断，外形整齐。具有一煮就熟、久煮不糊、食用方便等特点。其性味甘、淡、平，有清热养胃、润肺止咳、敛汗通便之功效。豆腐皮属豆制品，营养价值颇高，被人们广称为"素中之荤"，烹煮炖汤俱佳，几乎适合一切人食用，深受百姓欢迎。长汀人都是吃着豆腐皮长大的，民间有句顺口溜："白米饭一天三餐吃不腻，豆腐皮一年四季食不够。"可见长汀人对豆腐皮的喜爱程度。

据《汀州府志》记载，明朝洪武年间，明太祖朱元璋曾派大将朱亮祖驻守

晒豆腐皮

汀州府。相传,一日,朱亮祖带着卫兵在城区闲逛。途经府背巷时,突然闻到一股清香,不似肉香浓烈,也不似花香淡雅,丝丝缕缕,钻入鼻翼。他循香前往,看见一户人家,房前有块大坪,向阳处架着许多竹竿。一位十五六岁的少女,身穿粗布蓝衫,身材窈窕,正踮起脚尖往竹竿上晾晒一些淡黄色的薄片。

朱亮祖心下好奇,便问:"这是什么?"

"豆腐皮。"少女头也不抬地回答。

"豆腐皮?豆腐的皮是这样的么?"朱亮祖更好奇了。

少女这才抬头,看了他一眼,噗嗤一笑,并不回答,而是扭身朝屋里走,边走边喊:"爹,爹——"

屋里走出个花甲老伯,打量了一下朱亮祖,见他气度不凡,身后又跟着卫兵,便笑呵呵地说:"大人,请屋里坐。"朱亮祖踱步进屋,只见屋里陈设虽然简单,却相当整洁。老伯一边招呼他在一条竹制靠背椅上坐下,一边让女儿端来茶水,又附耳交代几句。

豆腐皮的传说

朱亮祖和老伯聊了起来，老伯应该也是见过些世面，对答如流。不久，那少女端来几样菜肴，有木耳炒腐竹、凉拌腐竹、清蒸腐竹、红菇腐竹汤……老伯热情招呼朱亮祖一行："大人快尝尝，我们家的豆腐皮不同一般，吃过的都说好。"朱亮祖也不客气，每样都尝了尝，果然风味独特，香、醇、甜、韧，回味无穷，不禁竖起大拇指，连声夸赞。

自此，汀州腐竹名声大噪，后来还成了宴会上的珍品。

烹饪好的豆腐皮

仙人草的传说
XIANRENCAO DE CHUANSHUO

在汀州客家地区,流传着一句谚语:"仙人冻,仙人冻,神仙见了也心动。"

仙人冻,又称"仙草冻""烧仙草",以仙人草为主要原料。仙人草简称仙草,是一种草本类的小叶绿色植物。汀州客家地处山区,每当春夏之交,山坡地头,路旁沟畔,随处可见碧绿丰茂的仙人草,夏季尤盛。仙人冻有解暑之效,又无寒凉之弊。客家人素有入伏吃仙人冻的习俗,据说这天吃了仙人冻,夏天就不会长痱子了。

仙人草之名缘何而来?相传,很久以前,汀州有户人家。大暑天里,母子俩顶着烈日在田间劳作。母亲年老体弱,很快中暑了。儿子忙把母亲背到树荫下,掐了人中也不醒,只得心急火燎地去附近采草药,饥渴之下也中暑晕倒了。幸亏儿子体质较好,没多久便醒来,不过整个人还是很迷糊。他发现身旁有几棵草,叶如薄荷,清香萦鼻,便随手摘下一片叶子嚼了起来,感觉清甜甘润。

仙人草

仙人冻

不一会儿，他发现自己口不渴了，头也不晕了。他喜出望外，连忙摘了一把叶片，回到昏昏沉沉的母亲身边，嚼烂后喂给她。母亲吃了一些嚼过的叶子，让儿子扶她坐起，自己又吃了几片。休息一阵后，母子俩恢复了体力，又能干活了。真神奇！简直是仙人草嘛！从此，"仙人草"这名字就被叫开了。

客家仙人冻有两种。一种是绿色的，以新鲜的仙人草和磨好的米浆混合制成。先将粳米在清水中浸泡两三个小时，再磨成米浆备用。然后把地里割回的仙人草洗净，放入大铁锅里煮。待叶子煮烂，把茎捞起。此时，锅里的水已变成草绿色。再放入适量白碱，大约一斤草配一汤匙碱，多了会辣舌，少了缺韧性。若再加点硼砂，仙人冻做好后会更爽口。接着，把米浆倒入锅中，与刚才煮仙人草的水混合，用小火慢慢熬煮，其间不断用锅铲搅动。等到锅里的米浆呈黏稠状，且开始"噗噗"冒气泡，便用大勺将稠状物舀到簸箕或盆里，这就是仙人冻了。待其冷却，以刀或竹片切割成块，浇些盐汤，即可食用，入口软滑柔润。盐汤是用葱、韭菜、油、盐、味精和少量酱油熬成的，味道极好！

另一种是黑色的，系以晒干的仙人草和米浆（或米粉）制成。做法大致与上述相同，不过做好后要置于盛有清水的容器中浸泡。起初，浸泡之水会变浑，等换几遍水后，仙人冻变得如黑琉璃般赏心悦目，且有种半透明的质感。在这种仙人冻中调入蜂蜜，食之清甜爽口，沁脾润肺。若再撒点碎花生米，则平添几分香脆。热浪滚滚之时，来上一碗清凉美味的仙人冻，顿生"凉入衣襟骨有风"之感。

小时候，最爱吃母亲做的仙人冻。从割草、磨浆、熬煮到起锅，我都曾亲眼所见，且从旁协助。每次总要吃得肚子滚圆方才过瘾。现如今，每当在街头巷尾见到仙人冻，一种温馨美好的感觉便从心底泛起……

后　记

　　汀州，是我可爱的家乡。

　　它虽偏处闽西一隅，却有很多标签：历经千年的唐宋古郡、国家级历史文化名城、"中国两个最美的山城"之一、八闽客家首府、红色革命圣地、绿色生态家园……这里留存大量名胜古迹和人文景观，其醇浓丰厚的文化底蕴，穿越浩浩历史长河，绵延至今。

　　汀州，是一个古老的家园。汀州客家先民是优秀的汉民族支系，本居中原，由于战乱、饥荒等原因，不远万里辗转迁徙。"举族南迁身是客，年久他乡即故乡。"凭着与生俱来的勤劳、勇敢、善良与智慧，客家祖先在汀州这片广袤而神奇的土地扎根繁衍，生生不息。悠悠汀江哺育了一代又一代客家儿女，被誉为"天下客家第一江""客家母亲河"。明清以后，勤劳勇敢的客家先辈背井离乡，漂洋过海，到世界各地寻求发展。广大客家游子虽远离故土，但那条渗透客家人辛勤汗水的母亲河，却一直流淌于他们心间，成为他们的乡愁印记。

　　汀州，是一方文化的沃土。自古以来，它就是州、郡、路、府的治所。漫长的历史长河变迁，孕育了丰富多彩的客家文化。客家先民既沿袭了中原地区的传统，又与当地土著相互交融，从而形成了独特的汀州客家民俗风情。其中有闹春田、打石佛、走古事等客家民俗；有丰富多彩的民间艺术，如船灯、马灯、龙灯、花鼓等；有神秘古老的客家严婆信俗、客家伏虎信俗、客家蛤蜅侯王信俗等。千百年历史积淀，千万里筚路蓝缕，生命意识里对故土的记忆，对祖先的膜拜和崇敬，对当下生活的礼赞、对未来的期许和祈求，都在这些别具特色的民俗风情中一一显露。

　　汀州，是一片宁静的天空。小城的大街小巷，既有历经沧桑的厚重，又有古典淳朴的韵致，给人以独特的感受和无尽的遐思。白日里，游走于兆征路、三元阁、店头街、水东街、乌石巷、济川门、龙潭……静赏蓝天、白云、斜晖，淡看草地、鲜花、流水，细品风味独特的芋子饺、簸箕板、灯盏糕……此时的汀州古城，闲适如一片散淡的流云，静美似一幅写意的丹青，雅致若一首灵动的小令。夜幕下，汀江两岸灯火辉煌，流光溢彩。每一块青砖、条石，每一个门洞、城垛，都在娓娓诉说千年的故事。微风拂过宋慈亭畔的古樟，轻轻吟唱一曲舒缓而优美的歌谣，如梦，似幻。一切都是那么安详从容，连时光也仿佛静止不动。

汀州，是一个人才的摇篮。沧海桑田，潮起潮落，小城伴随历史的兴衰更迭，历经无数的风雨沧桑，记录了客家人的悲欢离合。千百年来，生活在汀州古城的人们，无论贫穷或富贵，无论战乱或和平，始终坚持崇文重教、耕读传家，客家文脉方才得以代代传承，汀州也因此而拥有了无比丰富的文化内涵、无比充沛的活力。汀州客家人勤于靡劳、不惧艰难、勇于开拓。从这里，走出了刘国轩、上官周等历代名人，走出了杨成武、傅连暲、涂通今、罗洪标等十三位开国将军，走出了北村、谢有顺、李西闽、童大焕、杨鹏等全国著名作家、文学评论家，走出了"北斗"功臣王飞雪……他们的骄人成就，激励着一代又一代汀州客家儿女奋发向上，继往开来。

……

我是客家人的后代，一个土生土长的汀州人。出于对家乡的热爱，怀着对这片土地的深情，这些年几乎走遍了家乡的每个角落。家乡美丽的风景，厚重的人文底蕴，丰富而独特的民俗风情，无不深深吸引着我，牵引着我的心。很想，真的很想，用文字，把看到的、听到的、感悟到的点点滴滴都写下来。可是，真正动笔，才发现文字是这般单薄，自己是如此无力！我所接触的，不过是巍巍冰山之一角；我所记述的，不过是淼淼沧海之一粟。

这本书所收录的文字，主要与汀州的风土人情有关，并非纯知识性专著，大多为个人的见闻、记忆及感悟。部分篇章，已先后发表于《福建日报》《福建法治报》《闽西日报》《环球客家》《客家纵横》《客家》等报刊。其中《客家剪纸风》一文系与县委宣传部部长卓国志合作，原题为《长汀剪纸，"剪"出客家的文脉》，曾刊于《新华每日电讯·草地周刊》（2018.1.26）。还有一些篇目，一直敝帚自珍，此次方忐忑捧出。虽参差不齐，但也付出了不少努力。也曾疲惫，也曾煎熬，却从未想过放弃。我希望，通过手中的笔，把自己所了解的汀州风土人情告诉更多的人，为弘扬汀州客家民俗文化、宣传家乡尽份绵薄之力。只可惜，个人水平、手头资料皆有限，有些尚不及作详尽考证，疏误之处在所难免。憾！敬请各位前辈、专家和读者朋友多多包涵、指正！

感谢市散文学会会长黄征辉老师百忙之中为此书作序！感谢张亮珍（阿澜映象）、胡燕华（紫衣）、邓启星（草根志愿者）、兰琳初（老龙）、戴清文（三眼看世界）、王亮（亚细亚视觉）、东方、林文清、林金生等摄影家热心相助，提供了大量图片！还有部分图片来自涂健麟、赖永悦、谢沁媛、陈华山、罗秀玲等亲友，感谢你们！感谢吕金淼、庐弓、丘有滨、廖金璋、郑宜焜、王英、赖友雄、杨笔等文坛前辈、老师与好友的引领、扶掖！感恩每一个关心、帮助、鼓励我的人！你们的关爱，我已珍藏心底，并化作驱己前行的动力。我想，不辞跬步，无惧晨昏，不懈怠，不裹足，便是对你们最好的报答！

2019年5月于福建长汀